乔见猫

如果12生肖有猫的话，那么我一定是属猫的
越认识猫咪，我甚至觉得也许每个女生都是属猫的
对「猫岛」的向往，对蓝白国度的想像，对古老神话的迷惘……
构成我到希腊的理由

陈乔恩◎著

贵州出版集团
贵州人民出版社

希腊三月份的阳光，
没有温度。
却，温暖了某个地方。

好像是，心上的，某个地方。

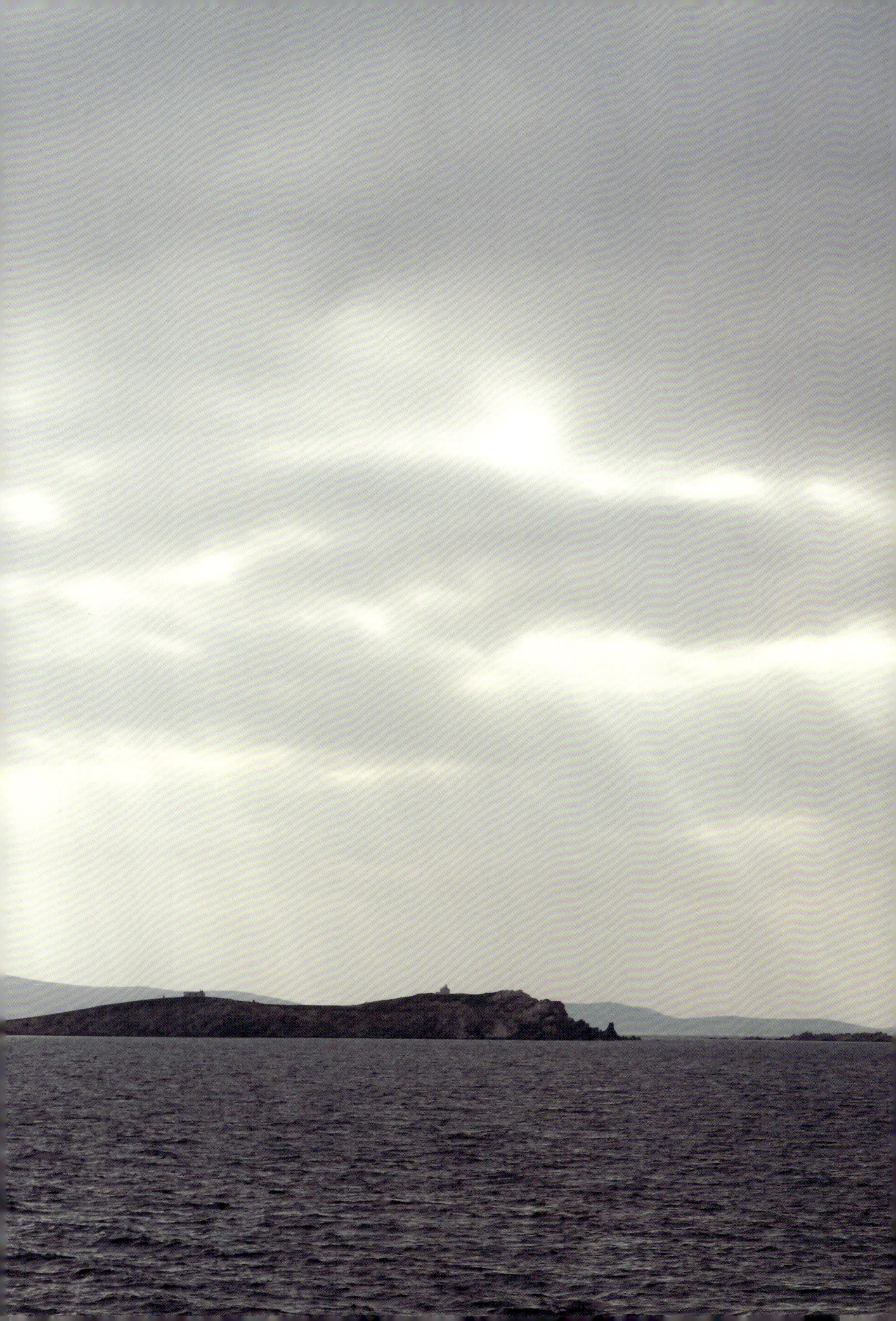

Contents

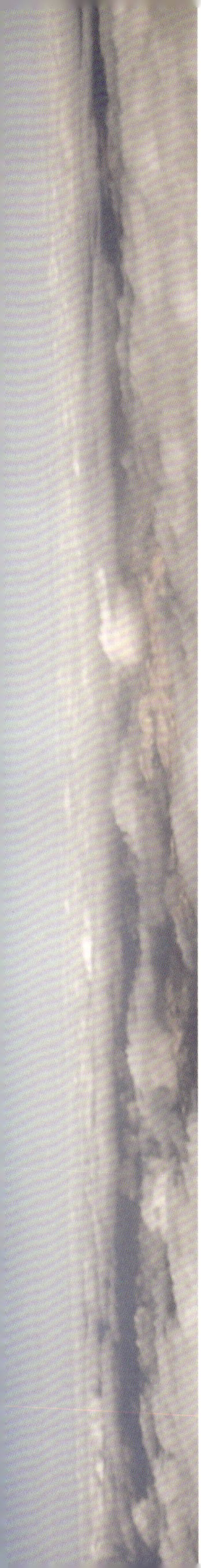

在序之前…

書裡的几篇文章，其实是我在去希臘之前寫的，
忘記了正確的時間地点了，
我想記錄下一些感覺，在我每次提筆。

就好像這次的序…
那時我在拍电影"激浪青春"。
忽然有天回到房間，想着，
不然来寫篇序好了。
於是就有了一篇和希臘完全没関联的怪序，
老実説那時每天拍戲拍到天昏地暗的我，
压根没想到我仲会决定去希臘。

人生嘛！图的是開心。
若能在隨性裏找到Happy，那更是很Happy了咪。
但無論如何，序裡的文字，
就是我想說的話，我的心情，我的感覺。
那就是我想表達的。

這本書裡很多的文章，是我在希臘時寫下的。
我想盡心盡力的做好這本書。
希望你們會喜欢，也希望和我一起完成這本書，
每一個很可愛的隨行工作人员們。
共同創造了一個很棒的回憶。

"喬兒、貓。"的工作人员們....
你們很棒棒，太棒棒了。
所以我要來個一一唱名了...

第一个当然是陈玉立，双城娱乐的当家，我的经纪人，陈玉立小姐。
还记得这本书要交稿的前几天，我俩约在小欧（sso姐姐的店），豪爽地开了红酒，然后正经八百地讨论起书的内容，和将来要宣传的事宜。
别看阿伯天不怕地不怕的样子……
但其实对于文字创作，我一直都战战兢兢的……
怕做得不够，做得不好，要怎么做才算好呢？这么努力地去做这本书，万一不好怎么办？
我从没把自己看成是一个作家。

我对玉立说："只要想到也许会有我喜欢的作家在看我写的东西……我就紧张……
我就是一个喜欢文字的女生，我觉得自己像小学生要交作业一样……"

我不断地问玉立："你喜欢我的文字吗？"
一而再再而三地问，希望从她一向很镇定的眼神里……
找到一种肯定……

我感谢有她的一路相伴，感谢她对我的付出，不只是这本书，我很感谢她为我做的一切。
我感谢她可以让我，做自己。
安心地工作，安心地做我想做的事，安心地去诠释我眼中的每个角色……
谢谢她所有的决定。
都在"为了我好"之间拔河、判断……
谢谢她为了我所要承受的所有压力……

来自于我的，来自于外界的……
来自于她从不告诉我的一些事，我也从不说出口的一些所谓的"明星的压力"，
哈哈。
谢谢她，真心地谢谢她。
唯有更努力，我们。
才不会辜负了自己。

第二个我要谢谢sso，谢谢她如妈般地照顾我。
谢谢她总是如此可爱迷人，如此会脸红，谢谢她让每个和我们一起工作的人，
都真心地喜欢她。
谢谢她给我两个儿子的爱。
也抱歉我小儿子让没恋爱过的sso……
感受到了失恋的心酸啊……哇哈哈哈哈哈……

谢谢我的好朋友兼造型总监邓宇芳小姐。
她是一个神奇的女孩，一个充满着活力热情和勇气的女超人。
谢谢她特地从纽约飞过来，还在回程的时候被海关刁难……
硬是要她买了回台湾的机票……
这本书千万要大卖，才不会枉费了那些忍辱负重的血泪啊。

谢谢一直在身边的樊子绮同学，我说这趟希腊行真是把我所有的好朋友都集合了，
在那美丽如诗的米克诺斯小岛……感人的是连机票都省了。

谢谢帅气的首席发型师Johnny，谢谢他的慷慨相助。
他很贵的！
但这回很够义气地陪着我们这群小制作来到希腊，没有他的巧手，就没有这本书里每张迷人的照片了……
你超帅的，谢谢Johnny。

谢谢摄影师Phoebe，这个看来娇小可爱的小女生，有着独特的眼光。
她镜头下的我……很真实，很自在，很快乐……
而我眼里的她，也很真实，很自己。
谢谢她的快狠准，谢谢她努力地捕捉到了……也许连我自己都从来不知道到的那一面……

还有，谢谢我们口中的“摄影师特助”兼照片侧拍Irene，她曾经帮我做过一篇很棒的专访……不过这回我要自己写了……哈哈。
谢谢她的热情和善良，书里的很多花絮照，是她之后在Facebook一一Po给我的……
她总是拿着相机猛拍，是不是职业病啊～～
但很谢谢，有你在真好。

谢谢“凯特文化”的阿彪，
这个总是比我们这群嬉闹的人要正经的女生。
从谈话里我知道她有认真地看了我上本《乔见巴黎》……
我要谢谢她的重视和付出，
也很感动她给了我们很大的空间去做这本书……

家里养了超多猫咪，本身也是超级狗猫痴的咏惠，在希腊的时候，和她说起猫猫们，还有她为了流浪动物协会照顾的小小猫猫们……
总是让我很感动！
真是个善良又另类的女生……酒量不错哦～～

最后要谢谢导游黄大哥，在米克诺斯岛下起冰雹的那天，他对我说……“谢谢，要不是我们选在这时候来，我还看不见这难得一见的奇景呢！”
不谢不谢，哈哈，辛苦了。

以上。
辛苦了。
謝謝大家。。

Joe.
2011'4'

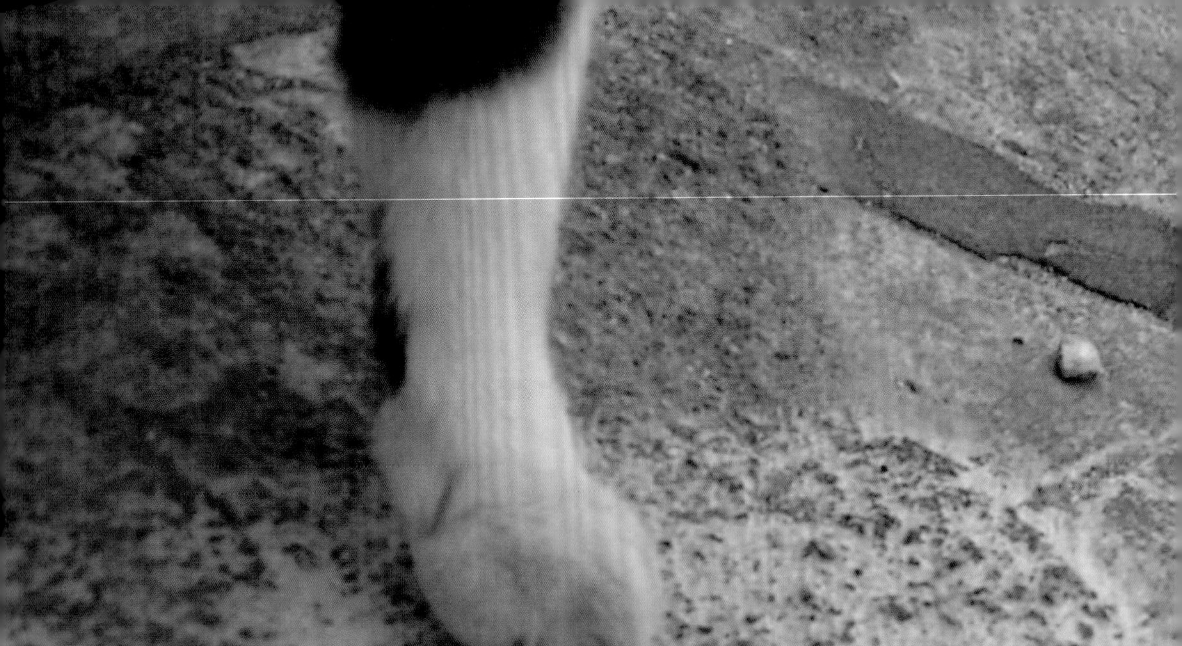

序／分享

这是我来北京后的第一场雨。

过去的一年，因为工作的关系，很漂泊……
觉得人生真的好奇妙啊……
也许以我的年纪，此刻谈起什么人生不人生的，有种无病呻吟强说愁的感觉……
但这就是人生……此刻的人生……当下的我……

也许是我的工作，常常要扮成别人，试着想象别人的人生，
有时候扮久了，
当一个人漂泊久了……
对于自己所处于当下人生……
连自己都不确定是不是有点混乱了。

可以确定的是……
漂泊的日子……
让人深刻地感受到了寂寞……
在很多很多时候。

人生啊……好奇妙啊……

小时候，我从来没有想过有一天，
我会是这样生活着。
起床，飞到一个城市，面对不同的人，工作……可能一天，可能一星期，可能一个月……
然后离开。
直到下一次，再回到这个城市，和不同的人，工作……
我常常会忘记身在何处，在哪一个饭店，住哪一间房，每天要经过哪一段路，
因为其实对我来说，在哪个城市都是一样的，
一样的陌生。

不会太记住一些感觉，
在每天快速变化的日子里，
时间的意义，只在于能不能在限定的档期内完成工作，
然后……
离开……

此刻我望着15层楼窗外的北京，
我记不得这是第几次来北京了，记不得前面那每天都要经过的高速公路，
我只是一个陌生人，在这个陌生的城市里。

第三本书……这样看来，好像我要开始找寻人生的真谛了……哈哈……
很多人给我的留言，常常会说好喜欢第一本《乔见没》里的文字…或是在《乔见巴黎》里，得到了某种共鸣的信息……
说真的……当我看见这样的留言……
心里常常会莫名奇妙汗颜……
倒不是觉得那些自己写的文字好或不好……
只是……
那只是一段文字……
只是一个女生，对当时生活的记录……

真真假假，也许刻意加大了当时的伤悲……也许做作了某些感觉……也许有着100%的真诚……
对我来说……那只是我对过去的记录……
曾经伤痛的，曾经混乱的，曾经美好的，曾经的……

我的工作是奇特的，
奇特到无法形容是好，还是不好……
只是最近的我忽然发现了……
我所选择的这个人生啊……
无论任何事情……都会被一一记录下来……

只要轻轻敲下手指头……
我所有的过去，曾经说过的话，5年前在某个工作地点的照片，所有关于我的记录……
都能够在一分钟内……
清清楚楚任由大家欣赏了～～
……
只能说我实在是一个单纯的人，单纯到这样想的时候……都单纯地觉得……
哇……
那……这样好不好呢？
哈……
唉……
好单纯啊……

老实说，我不知道这样的人生好不好？
老实说，我不确定我快不快乐？
老实说，我对这样的我……
还有着很多疑虑……
妙的是……
我的疑虑……在我身处的环境里，常常会变成很多人的疑虑……
再这样下去就疑虑不完了……

唯一不疑虑的是，
我是比别人，拥有着更多的爱，
在这个世界上，很多人常常给我爱……为我加油打气……会为了一些关于我的文字，
感到快乐或悲伤……
这样的爱……
应该要懂得珍惜，和发自内心地感恩。

无关快不快乐，
因为无论快不快乐，
这都已经是我的人生了，
如果……
我这个时常神来一笔，多愁善感，对生活常常想太多的女生……

如果我的感觉，我对生命当下的某些感触……
也许可以让某个人得到些什么……
也许可以让某个人感受到什么……
也许可以让某个人快乐……

那么，我很愿意分享，
勇敢地分享，豁出去地分享，单纯地分享……
分享……
这些在生命中……
想要被记得的每个瞬间。

我……是学着在得到中失去……在失去中得到的……

Joe, 2010年7月 北京

出场是 一定要炫的啦

我忘记带护照了！

当车子正开向距机场不到两分钟的快速道路上，
我默默地，冷静地，幽幽地说出了这件事。

车上先是一片寂静，比上回在北京撞车的情况还要寂静。
在离登机时间不到半个小时，
并且严重塞车的快速道路上……
三个异常沉静的女生和一个倒霉的司机，
无视于眼前那塞得水泄不通的车子，
只好硬着头皮一路开回台北拿护照……
天真地以为我们可以赶上飞机。

其实我平常虽然很迷糊，但忘记带护照这种事，
还是第一次发生……
我以为最瞎的不过就是在希腊迷个路，要不然就是忘记房间号码而已……
但这回……
瞎了。

车上依旧保持着寂静，没有人大声嚷嚷着："完了，怎么办，一定赶不及啦……"
这种没有任何意义的话。
玉立开始打电话问还有没有下一班飞雅典的班机……
Sso冷静地坐在一路蛇行摇晃到不行的司机大哥身旁……
我则是听着耳机传来的音乐，没有任何表情……

当车子开到我家门口，Sso立刻打开门往前狂奔……
速度之快仿佛一阵风……那是我看过她跑得最快的一次……
说真的……认识她这么久，我还不知道她原来这么能跑！

而玉立则是说万一赶不上的话，我们就必须等个两天，因为台北到雅典并不是每天都有航班……

不！不行！
因为除了我们，其他人都已经在登机门前，死皮赖脸连哄带骗外加上“我们是一个团队她们没来我们也不上飞机”拜托啦快到了啦真的啦～～～
用尽所有“卢功”，死求活求地请航空公司再给我们20分钟……

在飙回机场如飞起来的车子里，玉立说万一真的来不及的话……
她问到了还有一个方法，总不能叫大家等我们吧！他们可以先早我们两天到雅典，先拍一些有的没的！
不不不……这不是好建议，是我要出书，我没去还拍个屁！
就在一阵众人傻眼中，玉立终于问到了还有一班飞雅典的飞机！
谢天谢地！
我说啊……老天真是疼爱处变不惊的我们……
有了，有飞机了……

就是我们三个人要先飞到日本，也许等几个小时，很快地接上一班飞向一个名为Doha的机场，位于卡塔尔小岛的班机，然后也许再等几个小时，然后也许再搭几小时的车子……
就可以到达雅典了。

多哈？卡塔尔……那是个什么地方，我长这么大连听都没听过……
我想象着我们三个人带着好几箱行李，然后在那个听起来很荒凉的小岛机场的画面……
这真是太神奇了，也许我们三个可以先在那里拍几张新书的照片，搞不好很有感觉……
太诡异了……那画面也太诡异了吧……
搞不好那个多哈机场还有那种黄色的吊灯呢……

正当我这样想的时候……到了!
我们到机场了!
那一刻我真的很想大声地谢谢司机大哥，但丝毫没有任何多余的时间……
我们那一刻脑子唯一想的……
就是往前冲!

我全力狂奔，用吃奶的力气奔向我那重情重义死命拖着航空公司人员，不让人家起飞的工作伙伴们……

我很喘，我在心里呐喊着我来了我来了……真是千辛万苦啊……我的希腊行……
远远就看到樊同学拿着她的摄影机，正对着气喘如牛的我拍着……
真是热爱工作又敬业的我的好友樊同学啊～～
刚好希腊行请她当我们这次的侧拍，
在这之前已经有好长一段时间没见面了，我们都各忙各的，忙到连电话都没有打一个……

我本来想着见到她时，要来个热情的拥抱，然后再优雅地介绍我们这次希腊行的“梦幻超强团队”阵容……
但，千金难买早知道，人算不如天算，我们能赶上飞机已经是今年最大的奇迹了，在大家边操手刀奔跑，边自我介绍，边带着诡异欢喜气氛上飞机的同时，我只好白痴似的对镜头还有樊同学说了句:

“Hi～～好久不见，出场是一定要炫的啦～～”

希腊，我们来啦。

Welcome to Greece
A book about Joe's feeling, travel with Joe's words to let you realize Joe's cat, life, love, friendship, work, and the way her thought.
Enjoy it

Hi……苏格拉底

记住每一个时刻，在一起的每分每秒……
因为那都是礼物！

眼前的火堆正在燃烧着，而她的眼睛被烟熏得有些难受……
她想着……是不是最近看了苏格拉底的书啊！
苏格拉底很好的！
很坚强很哲学很无牵无依无靠却还是拥有了全世界的满足……
来自自身所给予的满足活在这个虚渺的宇宙中……

苏格拉底很好……
但她始终没能看完那本书……
或许她看完了……
能聊些宇宙什么的……

她想着……
现在也是礼物……
你是我的礼物，
他说着～～
烟……熏了她的眼睛……
也熏了她也想在加油站，有那么狗屎运地遇到苏格拉底的心。

Hi……苏格拉底……
我试着体验了身体的苦痛……

Hi……苏格拉底……
我很渺小……
我不会打碎我的奖牌和奖杯……
因为那要扫很久的……

Hi……苏格拉底……
Hi……

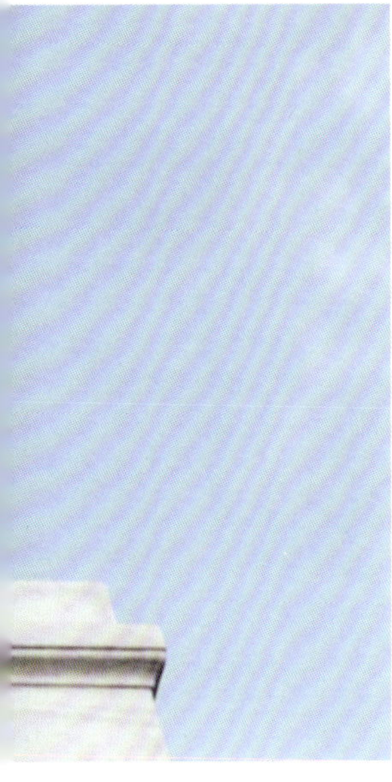

有时候啊～～
有时候～～
即使不打烂奖牌和奖杯……
是比较珍惜吗?

当然我这样的凡人是激不起苏格拉底的一字一句……
他依然穿梭于古代和现今……
苏格拉底依然沉默着……

生命是礼物的!
当然也可以是一个旅程!
我相信我的催眠老师会喜欢苏格拉底的……
也许她也会喜欢庄子和弗洛伊德……
用科学了解心理，用心理解释科学～～

而我……
只是一个女孩子而已，
在也许人们看来很复杂的地方，仍看得见单纯的女孩子～～
觉得世界上最美的礼物是爱情，
看见了，却无从说起，
忽然有了一种重重的委屈，
我……只是一个，
希望能够和正常人一样谈恋爱的女生而已～～

风生于心……
心随着风走，
学着自在，

我追寻的……
不是苏格拉底，
而是爱情。

妥协

我以前不爱回应任何事的，
我不在乎和我无关的人如何解读我，
但是后来我发现不回应不对的事，
不对的事就会慢慢变成一种瘟疫，
如同病毒般渐渐毁掉最原始的单纯……

不是单纯地看这个世界，
这个世界就会是单纯的。

我的工作，
常常给我一种直接又残酷的震撼教训……
让我开始妥协很多事情……

Sometime…

Sometime……

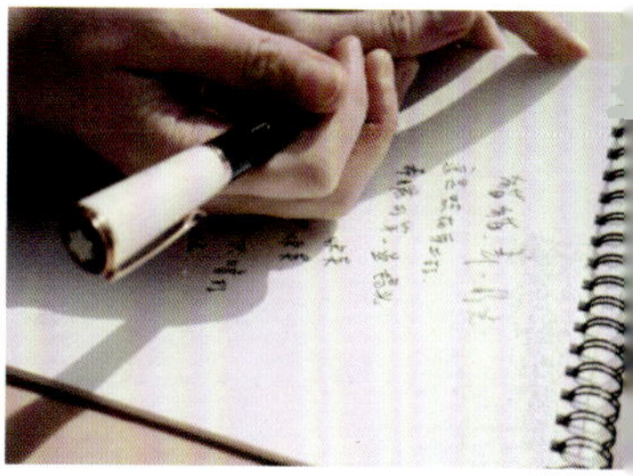

有时候……我也会哭的。
当然不是在戏里，
我哭的，其实我挺爱哭的……
有时候。

原来哭也要怕吗？
从哪一天开始，连哭都要想仔细了……
在想哭的时候，
想想别让人担心，

我也会哭的，
其实我挺爱哭的，
只是从没有人知道而已。
只是我都忍住了，
而不知道为什么要那样忍住而已。

我哭的，
但如果你不爱我哭，我就不哭，
可以忍住，
因为不想让人担心。

别人说什么都无所谓，
只要你觉得我好，
那就是好的。

只要你觉得我行，

我就行。

小木偶，你為什麼会坐在這裏呢？

因為我在等一个人呀！

他說，坐在這裏，乖乖的等。

有一天啊，会有一个人來到這裡，把我变成一个真的小孩。

会有一颗心变成我的家，

收留我，保護我，好疼我的。

愛的養份，会把我变成一个真的小孩子。

這樣，啄木鳥就不会老是停在我的鼻子上了。

嘆。

靚．雅典。

>>在希腊遇见的第一只猫

雅典 · 布拉卡区 Plaka

ΕΙΣΟΔΟΣ

旧 衣服

有一种人处理爱情的态度，
就像在处理一件旧衣服一样，

旧衣服也许可以变成抹布，
擦擦地或是桌子什么的，
但有些衣服实是太大了，
用来擦桌子，
会刮坏桌面，
用来擦地也不适合，
试了几次还是不行……

那么，
只好丢到旧衣回收中心，
眼不见为净。

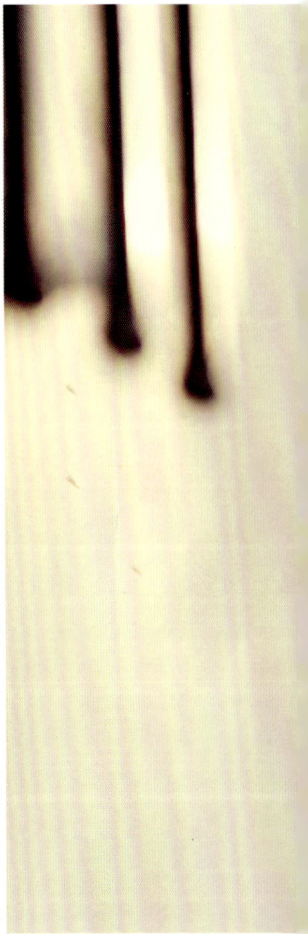

居住在泡泡星球的女生

我的身体里存在着一个小女生……
正确来说应该是一个小学三年级的女生。

她住在泡泡国里。

《乔见没》里，有一段说着我小学三年级转学时，被老师误以为……“我姓刘的故事”……

事情是这样的，小学三年级的时候，我转学了！
从那每天放学可以去偷拔地瓜的客家农村，转到了城市里的小学。
转学第一天，老师要我站在讲台上，然后问我叫什么名字……

我小小声地说：
“陈@@……”

可能因为我真的说得太小声了，所以老师没听清楚……
“丫？？什么？？是刘@@吗？”
“嗯……”

我竟然就真的给它点头了……
因为我真的很害羞胆子也很小……
我实在不敢跟老师说……她听错了……

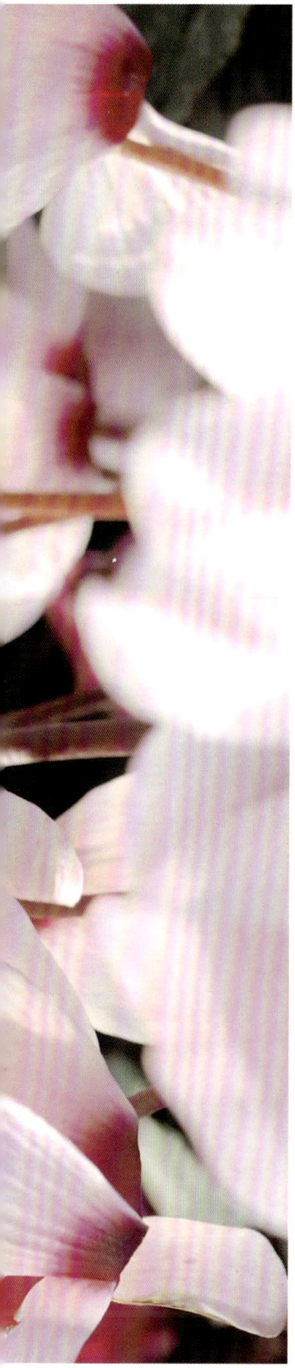

所以我想，反正姓刘还是姓陈对我来说好像也没差……
那我就姓刘好了～～

可是……尴尬的是当时才升上小三的我……
并不会写“刘”这个字……
直到几天后……
老师才发现……
原来……我姓陈……

还是小孩时的我，很孤僻。
大概是因为“刘姓事件”让大家觉得很震惊吧～～

我没有朋友，从小三到小六这段时间。
我最好的朋友是我家的狗，和所有生活中出现的狗
和动物……

还有书！

从小三到小六这三年的时间里，每到吃饭的时间……
我就会自动地，跑到图书室里看书……
因为其实小学就像是一个小小的社会，而我总是被隔离在外的一个。
害羞的转学生，数学最烂曾考过20分……
在小学社会里，功课好代表着一切。
所以中午吃饭的时候，我总是等不到人来请我一块用餐……

虽是古怪又害羞，自尊心还是很强烈的！

他们隔离着我，我也隔离着他们，
所以我去图书室看书。
什么书都看，图书室的管理员对我的印象非常深刻，

可能是觉得我这么爱看书，怎么成绩还这么烂吧……
但他人很好，常会在我的荣誉卡上划上很多圈，来鼓励爱看书的孩子……

我想，
我爱看书的这个习惯，就是从那个时候培养的吧～～

所以我一直很喜欢图书馆！

图书馆存在着一种令人安心又孤寂的氛围……
图书馆里任何的一切都是美好的……
空气里书的味道，米色成套的课桌椅，
甚至在图书馆里出现的人……
对我来说都是美的，温和的，充满感性的……

是这样固执地相信着……
一直到现在……

从小三到小六的这段时间里，每到中午12点，我就像是要去接灰姑娘的南瓜车一样，准时地出现在图书室里，整整三年。
我什么书都看。

总是端端正正地坐在角落，用厚厚的书挡住了我的脸，
认真地读着每一个故事……
我用书挡住了我的脸，挡住了好奇的眼睛，挡住了友谊……
用一个自己觉得安心的方式，维持着一种……自尊。

藏在书后面的表情是无所谓的，
不示好，不乞求，没有被那些任何想靠近我，或是觉得
我是怪胎的人，波动情绪……
我把孤单围在一本一本厚厚的书墙里……
把与生俱来的强烈自尊围在一本一本厚厚的书墙里……
把小小的自己，隔离在人群外。

就像住在泡泡国里……
这个我幻想出来的泡泡世界。

那种用肥皂吹出来的透明泡泡……
轻轻薄薄的泡泡……
随着气流飘在空气里，

一个每天到图书室报到的小女生，
一个住在自己命名的泡泡星球的小女生，

安心又孤单地住在只有一个人才懂的泡泡国里，
别人看得见我，却不可以碰触我……

没想过……
万一有一天……
泡泡破了……

我会不会因此而坠地身亡？？

谢谢陶晶莹

陶子姊在《小眼睛》里写着……
~~爱情，从来就不曾往对的方向去。~~

关于爱情，对的方向指向哪儿呢？
可有一个正确的指标，能够正确地指着一个前进的方向，指向幸福……
可有一个明白的指示，能够让我们就乖乖地跟随着，保证我们不会走了趟冤枉路……

当名为爱情的列车门开启，
在月台上等待的人啊，
是要快点上车，还是立刻下车？
信仰爱情的人啊，
会被载到哪一站去呢？

有天，电视上在播陶晶莹特辑，有一个观众留言说：
“谢谢陶晶莹现在这么幸福，看到她的幸福，让女人们重新相信了爱情。”

电视画面定格在陶子姊的笑脸。
我觉得她的脸上仿佛有一种光。

那是用了一种名为“珍惜幸福牌”的粉底液，
并且搭配饮用了“知足牌”的保健药丸，
可能还要经常锻炼如钢铁人般，把别人的眼光，不相干的流言蜚语、八卦都当成屁的能力，
然后……
在幸福的养分里，成长了包容的心。

才能拥有，那一张发光的、幸福的笑脸……

无，比，美，丽。

左手牽著原則，右手握著心。
在愛裡…
我只跟著我自己。

潘多拉的 盒子

有一阵子我对希腊神话莫名地着迷，这次决定来希腊拍照，会不会是神明有保庇，冥冥有注定。

目前为止我最喜欢的希腊人物是潘多拉。
最向往的年代是那永不复返的黄金年代。
黄金年代是神所创造的第一代人类，
但命运女神判定黄金年代的人应该消失。
可是后来创造出来的人类都不如黄金年代，
甚至一代比一代差劲。

因为当时的人类已经学会了用火，一旦人类学会了用火，就再也无法把火从人类那里夺走，人类好吃懒做只懂享乐，于是宙斯便设计出一场灾难来惩罚人类……

宙斯命令火神赫淮斯托斯塑造了一个年轻美少女。
她是众神的结晶，阿芙洛狄忒给美貌，汉密斯赐予辩才，
雅典娜赐予衣裳，而宙斯给她当媒人……
宙斯在这个美丽的形象背后注入了恶毒的祸水，
他唤她“潘多拉”，意为拥有一切天赋的女人。
潘多拉带着一个神秘的盒子来到人间，如此美丽的女孩，
带着一个盒子……
人们都以为那是一件美好的礼物……

但其实潘多拉的盒子里的是人类一切的灾难，有着最致命的病毒和各种疾病……
一旦打开了……人类将灭亡……

但盒子的最底层，藏了一个礼物。

那也就是为什么，我很喜欢这个故事的原因。

知道是什么吗？
嘿嘿。

公主的 幸福

我的一个朋友，是个事业有成的大明星，
有一天忽然就闪电结婚了……
令众人跌破眼镜……
我问她……
为什么确定是这个人？

她说，
她老公是全世界最勇敢的男人……
以前谈恋爱的时候，别人总是说……
“看……那就是某某某的男朋友……”
而不是……“某某某的女友是她……”

然而，
只有她老公敢跳出来，
大声地对全世界宣布……
“是的……我是某某某的老公……”

用幸福的笑脸和坚定的包容……
接受全世界对他的评论……

她说着说着笑了……

那一刻我看见了一个真正的公主！

在这个**暧昧**的宇宙里，
找到了一个真实……

找到了一个只为了她而奋战的骑士……

為了要拍到好照片，

我們一群台灣來的小朋友，

和希臘的警察还有古蹟的工作人员..

玩起了穿婚紗躲貓貓的遊戲...

所有人冒着萬一一个不小心腳滑..

就会滾下山崖的決心。

加上一直說著我們不怕冷的鬼話，

只為了要把希臘的美和我的嬌豔不冷

溶為一体..

只為了要做好這本書..

好感人，我鼻酸了。.

低

“见了他，她便很低很低，低到尘埃里去……
但她心里是欢喜的，在尘埃里开出一朵花来……”
——张爱玲

每一个人，在爱情面前，都有很卑微的时候吧，
我喜欢用卑微这个字眼，解读在当下的氛围，
卑微不是贬低，无关身份，
卑微是一种感觉，

在爱的人面前，谁不曾卑微过……
因为是那么在乎对方的一切……

呼吸急促了……耳根泛红了……肢体在瞬间变得僵硬……
甚至还能听见自己的心脏……
怦怦……怦怦……的声音……

那么笨拙，
那么卑微，
那么甜。

有一次在杂志上，看到评论张爱玲的文章写着：
“像她这样传奇的才女，却偏偏爱上了一个感情漂泊的胡兰成，她低得多么心碎……”

我想心不心碎只有张爱玲一个人明白，
传奇才女的爱恋，无论平凡或壮烈，
总逃不过世人的纷扰，

高处不胜寒……我想到了这句话。
高处只是一种角度，是每个人看待人事物，持以不同的态度……
才要细说……

却忽然在空气里……
嗅到一丝寒气……

我不是才女，
我不过是个心直口快的女生……

我只好低着头……
低到尘埃里去……

我的小宝贝

第一次看到Yoda时，我马上大笑了起来。
我现在看到她也会大笑，记忆里似乎每个看到Yoda的人都会大笑……
我觉得我的Yoda是一只很特别的猫，她的五官有种令人爆笑的超能力。

但她的性格就不怎么好笑了。
Yoda很害羞，非常怕生，有些朋友已经来过我家很多次了，但始终不曾看过Yoda的真面目。
Yoda小时候很难照顾，刚到家里时，由于感冒一直好不了，还在兽医院住了两个礼拜。
她是只天生就有缺陷的猫咪，因为她的鼻子太扁了，从侧面看根本就是凹的，所以她脸上常常挂着眼泪混合着鼻涕，让她闻起来就像一块抹布。

有时候她睡觉或是玩耍时，会发出猪的声音，
我就会跟她说：
咦！Yoda不是猫猫吗？怎么有猪的声音呢？
但只有我可以说它像猪，如果别人说我会立刻纠正他们，我怕Yoda会自卑。

Yoda很黏我，只要我在家，她不会离我五步以外，她的小名叫背后灵，忽然就神出鬼没的，我常常很怕会踩到她。
或是在换衣服时忽然就摸到一团毛球……

有时候出外拍戏太长时间，我会比较担心Yoda，怕她会不会觉得妈咪是不是不要她了……因为Yoda的性格比较古怪，有一阵子在外地拍戏，隔了一个月才回家……
发现她竟然开始在家里的浴缸大便，用了很多方法还是无法阻止，后来只好把浴缸封起来……

有一次Yoda“当场”给我抓到，我狠狠地打了她的头，她不知道躲到哪里，气了两个多小时……

然后隔天继续在洗手台大便……
我想她是故意的，她生气我工作太忙不常回家，她觉得非要给我个下马威才行。

当又要出门工作时，我会叫宝贝们要相亲相爱，这时Yoda的表情通常很哀怨，总是坐得远远地幽幽地看着我……

那个表情好像在说着：
“好，你走！你走啊，你一走我就马上去浴缸拉一坨大便……”
这点我就不用太担心肉包，肉包想得比较开。

但Yoda平常是很可爱的，她的爱很自我，她撒起娇来无敌可爱，她的这一面，别人从来看不见。
她很爱我，我知道。
有时候她撒娇时我会对她说：
你这么爱妈咪啊，妈咪也好爱你。

我相信她也知道。

我的大宝贝

我的大宝贝肉包，人见人爱。
她小时候的脸就像一个包子，她现在差不多6岁，从一个小包子变成了大包子。

她很喜欢人，很亲人，她会像兔子一样站立着，她随时都在滚来滚去。
猫咪是很有警觉性的，猫咪不轻易秀出她们肚子，她们总是保持着一种潜伏的姿势，在有东西接近时快速逃跑。

而肉包从不逃跑，她不喜欢玩追逐游戏，如果你真的要追她，她会马上躺在地上，然后露出她圆圆的肚子，脚张得超开，任由人抓她肚子上的一圈肉。
真是放得开的一只猫啊，我的大宝贝。

肉包怕高，肉包从来不曾使用猫抓板，如果她的指甲长了，不小心掉到沙发时……
她会喵喵叫我去救她。
她睡觉四脚朝天，除了吃东西外，很少看到她动……

有时候当我看着肉包的时候会想着，她到底知不知道？
自己其实是只猫呢？

珍爱你的寵物，
珍惜每一个和牠们相處的時光。
因為在你的一生中，
还会遇到很多人，
也许会爱上某些人。
而牠们的一生也许只会遇到你，
牠们的一生只有你，
牠们不会追寻，
牠们不会忽然就爱上了别人，
你，就是牠们一生的最爱。

我是个到台北打拼的鄉下小孩。
新竹縣湖口鄉湖鏡村的客家庄，
是我生成的地方，
那裏有我最美好最珍贵的童年回憶。

23歲那一年，是我人生中第一次坐飛机，
是為了当時主持的節目"中国那麼大"
出外景。
在這之前，我連机場都没到过。
從没想过有一天，我是用飛机，
連接着一个又一个的城市工作。

人生是没有辦法預料的。
正因為如此，生命才会如此的殘忍，
和慈悲。

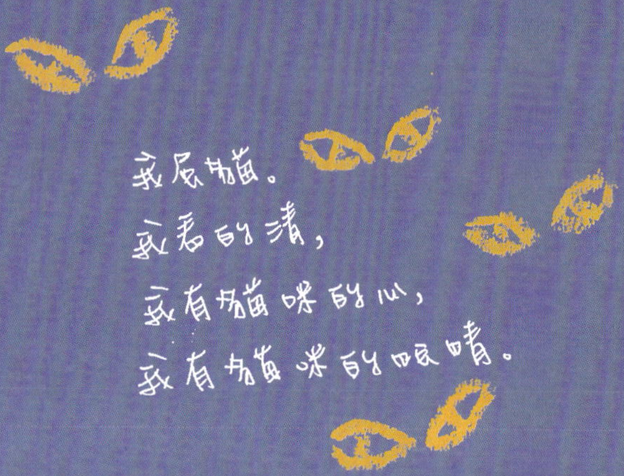
我是猫。
我看的清，
我有猫咪的心，
我有猫咪的眼睛。

ΠΙΤΣΙΔΟΠ

在嗎？
恩。
在呀。
一直都在，就在這片天晴。
正陪著我站在陽光裏，
一起呼吸著。
看見．雅典．清晨。

> > 老板一早就充满元气地说着我听不懂的语言，
无论我有没有回应，
依旧热情地拼命塞水果给我。

雅典 · 中央市集 Central Market

爱情海

我在希腊遇到的第一片阳光，洒在身上时……没有温度，
但我感觉到温暖。
这是我在希腊遇到的第一片阳光啊……
我这样想着。

我挺喜欢希腊，坐飞机时，身旁的希腊人问玉立，现在不是旺季，希腊很冷的，他问我们为什么选在这时候来？

我不觉得冷，也许是因为心里太渴望一些东西了……
是什么呢？
是什么呢？

我想起上次为了书拍照去巴黎时，大家都很兴奋，而我总是有些心不在焉的……
在那美丽如诗的塞纳河畔，在那如梦幻般的梵古故乡，在夜晚繁星点点的巴黎铁塔下……
很多时候我只感受到冷，很冷……
心不在焉，也许是我的心啊，总是，冷的。
老实说我经常性地心不在焉，老实说我常常都不知道我的魂飘到哪儿去了……

希腊的阳光，
没有温度。
却，温暖了某个地方。

好像是，心上的，某个地方。

我想起了去年在拍电影时，有个朋友曾对我说：
“你知道吗？你有片隐形墙……滴水不漏。”

这句话一直留在我心里，
这句话穿过了墙，留在我心上了。

而此刻的我想着，我是不是太固执了……
固执到残忍。
对别人残忍，对自己更残忍……

我发现，我是逆生长的，
越大，我越向往着童话。
但其实这个世界是没有童话的，
童话，只存在人的心里，
只存在我的心里。

我发现越长大，我所认知和接受的感觉，仿佛只剩下复杂和简单……
没有中间值！
我有某种程度的精神洁癖。
而这样的洁癖有时候让我活得有些辛苦。

……

眼前的爱琴海，水波好像在跳着舞。
海里有传说中的海神吗?
海的另一头也有一个同样正看着这片水波的人吗?

世界之大，在这个大大的世界里，有一个等着我的人吗?
世界之大，而那个人的心就是我的世界。

在他的心上开了一个小孔，从此以后，我就住在那里，
那么无论我到了世界的哪一个角落，
我都能带着另一颗心去追寻。

眼前的爱琴海，水波好像在跳着舞。
海里有传说中的海神吗？
海的另一头也有一个同样正看着这片水波的人吗？

爱情和死亡一样霸道

有一句话是这么说的：
“爱情和死亡一样霸道。”

我想，
是的。

当一个人濒临死亡……
是没有任何办法可行的，
唯一能做的，
只是减轻疼痛……
然后走得好一点……

当爱情要离开了，
是没有办法不痛的，
因为已经爱了……
没有方法好一点了……

相反的，
可能会恶性循环……

理智一点的人，可能会立刻收手，
然后独自在漫漫长夜唱起了伤心催眠曲……
一遍一遍反复哼着……
会好的……
一定会好的……

爱自己多点的人，也许会放大对方的缺点……
然后时时刻刻提醒自己，
离开实在是太走运了，
因为对很多人而言，
恨一个人，比爱一个人，容易多了。

爱情真霸道……
当有一天终于看清楚了，
也不确定是好事还是坏事，
因为不可能想要忘记，
就如同喝了忘情水一样，
什么感觉都没有了……

只想着一个人的缺点……
好像更挑明了，
当初是不是鬼遮眼了！

我不知道哪一种方法能好一点，
都伤了……
正流血呢。

我不愿意看到坏的那一面，
我的视力很好的。

寄不出的情书

有段时间，我每天写一封信。
实在是有够难熬的一段日子啊。
深刻地体会到了，什么叫哑巴吃黄连，有苦说不出的委屈……
我想……人家说少了三魂七魄，大概就是这种感觉吧……

如黑洞般的……巨大的……深深深深的悲伤。
时间缓慢而没有任何意义，
陷在一种要死不活的情绪里，
连微风轻吹飘下的落叶，都能让我想哭泣。

太难受了，再多的眼泪也无法溶化掉悲伤，
不会说不想说不敢说……
写字成了我唯一的发泄。

紧握着笔的手，因为太过激动而微微颤抖，
爱有太多的言语了……
试着化成文字……
也无法形容此刻只想紧紧拥抱的念头……

是文字陪着我走过来的……
仿佛永无止境自己和自己对话的日子里。

在这样的深悲伤里，
是那一封又一封的信，
陪着我……
重新检视着爱，检视别人，检视自己。
难掩失落，
但不得不承认这何尝不是一种学习……

后来，
我并没有寄出那些信，
基于一些说不出的原因……
也写不出的字句……

寄不出的情书，
原来，是写给自己的，
是我在一段爱情里……
还给自己的……
最深情的信。

不 哭

你不会哭的吗？
她问。
我的哭点和别人不太一样。
我说。

我不哭，不为了一些事哭。

我上次为了一些事哭的时候，
是在下着大雨的北京候机室里，
雨下得很壮烈，我哭得也很壮烈。

输给了那场雨，可惜了那些眼泪。

知道吗？
女生的眼泪……
是珍珠。

如果没有被好好珍惜着，
就会被磨成粉末吃下肚。

所以，不哭不哭，不要哭哭……
你的眼泪是珍珠。

> > 希腊猫咪是如此亲人可爱。

米克诺斯·卡特米利风车群 Windmills of Kato Mill

有一天，
等我們比現在再長大一点了，
我們会明白，
承諾是一件多麼美好的事情…
但要選擇性的相信!!
有些承諾会像童話般的美麗，
而有些可以当屁。

有一天，
等我們比現在再長大一点了。
我們会明白，
健忘也是一种本領，
如果能夠選擇性健忘….
恭禧你了解了，
你長大了。

不如，試著。

去謝謝那曾經狠狠傷害你的人吧！

認真的謝謝他，拒你於那小小的心門外，

這樣你才會…

懂得去追尋屬於你的堡壘。

人类很有趣，很复杂，很单纯，很直接，
人类对爱又忠诚又背叛，又渴望又不屑，
随着感觉前进了，又随着感觉后退了……
明明看见了答案，然后选择口是心非……

什么都不是了

爱好难得。
把珍贵的爱，给一个人。
不是家人，不是朋友，不是工作伙伴，
是可能会爱上你的人。

爱上你的人，或是你爱上的人？

是那样真真切切地，把爱交出去。
交给了一个不相干的灵魂。
盼望着，呵护着，但愿能被好好珍惜着。
不相干的灵魂忽然间成了生命里很重要的一环……

爱好难得！

因为如果有一天不再爱了，

那就什么都不是了。

失速

出门去……
和朋友一起……
看搞笑电影，听白痴笑话……

笑着……笑着……
却不知道自己为什么要那么努力地笑着……

说忘记只是避人耳目。

我在人潮中
渐渐失速……

我们把这一切搞砸了！

我的心，

撞车了……

爱琴海上 有一对情侣，在吵架

半夜赶稿……
我又不是记者作家……
我竟然苦命地要在半夜赶稿……我整个吕后的剧本都看不完了……

这是在爱琴海上写的一篇文章，
我还记得面前的那对情侣正在吵架，
他们吵了多久我就写了多久，
手都冻坏了……
遥远的爱琴海啊……
分裂了我……

现在

吵架。
我是个不吵架的女生，
因为有些话啊，说出来了，总是伤人的，
我以为沉默也是一种爱……
我总是调头就走人了，等心情平复点再说吧。
从没想过对方在背后默默看着我离去的眼神。

后来我发现，原来吵架也是一种爱，
因为有些话你不说，
没有人会明白的……
就像那对吵完架的情侣，
和留在爱琴海上手冻的我。

在愛情海郵輪上遇到的小孩，
他在和椅背玩躲貓貓~

米克諾斯島

> >前往米克诺斯岛中

> > 抵达

> >

> >

> > 在迷宫街道中迷失……

這裏是米克諾斯島上著名的迷宮巷子，

地上鋪著方塊不規則的線條，

一棟一棟藍白相間的房子，

在這裏迷路了，

也很幸福吧。

攝影師phoebe說，

她想要拍一些我在這夢幻似的街道上...

充滿迷失的感覺.....

這我最會了!!

完全不用醞釀!!

她想要拍任何和迷失有關的情緒...

我都很行!!

所以接下來是要拍在迷宮裡忘記帶護照嗎？

哈哈哈哈哈......

> >原来迷路也是种幸福。

米克诺斯岛 Mykonos

一步接着一步

是带着一颗体无完肤的心离开的……
走的时候希望陌生的一切和残忍的寂寞会强迫人成长……
用一种身体的极限，去换心灵上的仿佛度日如年……

会渐渐不难熬……

我的身高还是165厘米，
我的心速超过180了……
并且持续在增高中……

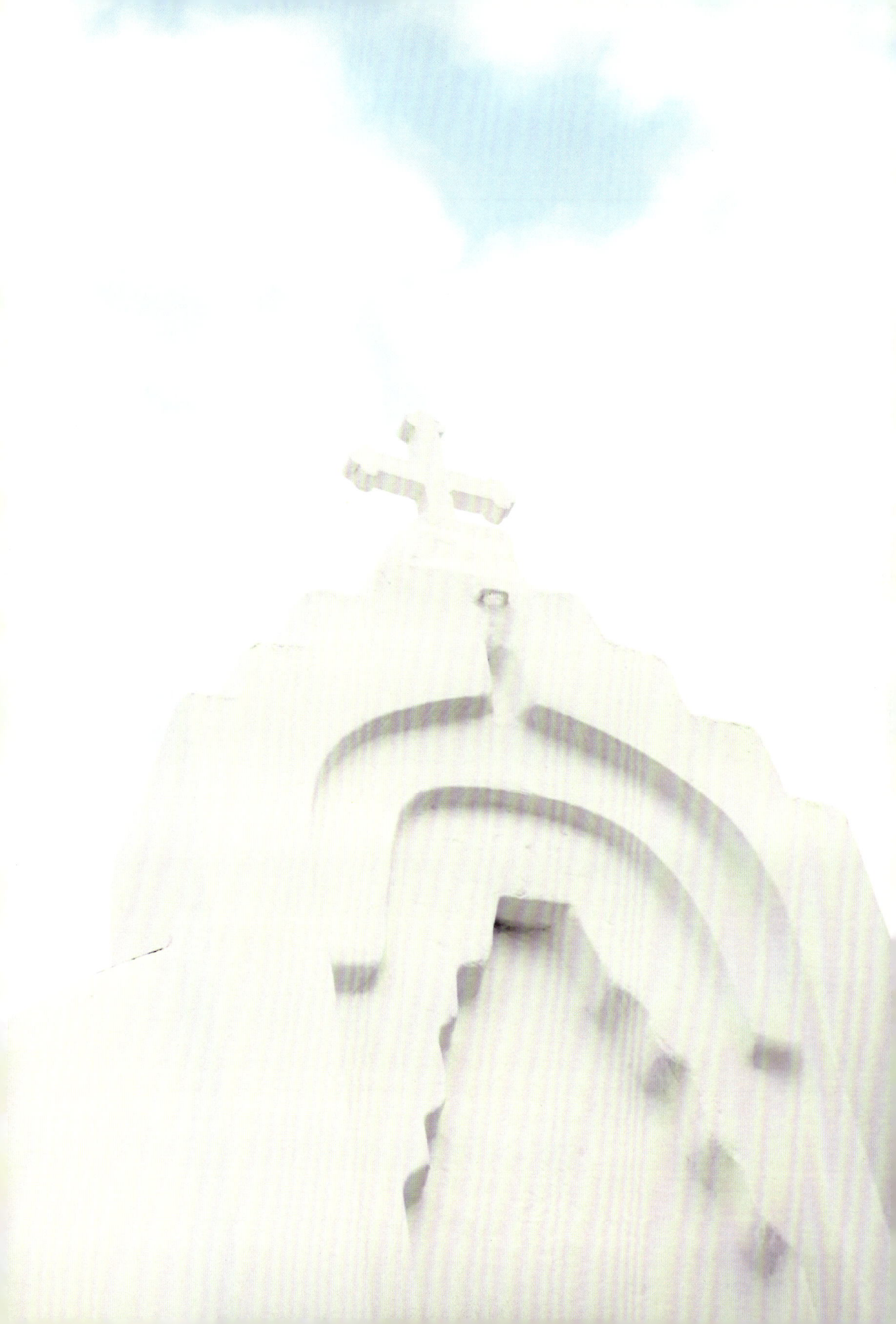

我們到的時候，是希臘的萬聖節，
他們都打扮得超級搶眼!!
我輸了....

> > 巧遇可爱的小蜘蛛人与小恐龙。

米克诺斯岛 Mykonos

猫咪知道我伤心

我睡不着，你们也跟着我醒了，
先是Yoda，然后是你……
我的肉包。

小Yoda会自己一个半夜站在窗边，
到底在看什么呢？我们都不知道……
因为你怕高，妈咪也是！

小Yoda似乎每天都在等待着太阳，
总是偷偷地起床……
然后站在架子上，凝望着窗前，
迎接那慢慢被太阳染红的忠孝东路。
它有着很多我们都不知道的秘密……
扁扁的侧脸有种青春期的古怪，
它到底在看什么呢？

而你，在看着我……
看着我……
又默默地醒在凌晨，
悄悄避开正呼呼大睡的你们，
蹑手蹑脚地坐在客厅的沙发里……
一个人，默默，坐着。

先是Yoda……然后是你，
默默的……静静的……
学着妈咪蹑手蹑脚地……
跟着。

你在黑暗中看着我……
一直看着坐在亮橘色沙发上的我……
我们就这样对望着。

……
我并不知道我哭了吗？
我只是一直看着你琥珀色的眼睛。
天快亮的台北，
光线一直在变，
而一直担心着我的你……
就这样静静地……
陪我坐在琥珀色的客厅里……
猫咪知道我伤心。
你知道我伤心……

> > 米克诺斯岛上的猫都在想什么呢?

希臘人不太把貓當成寵物來養，
只是把牠們當作存在於那裏的東西看待。
"就像小鳥，花，草，蜜蜂一樣。
貓也是形成「世界」的一種生物。
我感覺他們的世界「世界是這樣相當悠哉
大度的成立的。」
—摘於村上春樹
遠方的鼓聲。—

曾經何時，
我們的心變成了一個一個的私人派对。

開始接觸派对，
會發現有些派对挺有趣的，
參加過幾個不錯的派对後，
想著不如自己也來辦一個吧。

必須要很私人，
必須要是志同道和的朋友，
必須要是志同道和並且信的過的朋友，
必須要嚴格把關出席的人，
必須在必要時要有個壯漢守在門口檢查，
必須要徹底過濾一些人，
一些好像是派对來的那一類人。

泡泡星球的派对總是非常冷門，
我從來就不是一個辦派对的料啊。。

> > 欢迎光临我的私人派对。

很痛吧!

心。

像是被人拿石頭砸碎似的吧!

心。

輕輕的,她點點頭.

從紅腫雙眼裏不斷流出的眼淚,

好像血。

腐蝕了黏在腿上的裙子,....

很多時候朋友能做的,只是心疼而已.

這樣想的時候,

更心疼了..

她伸起了左手,重重按在心上,然後用右手拍拍左手,

辛苦了,不痛不痛,

她對心說。.

希腊时间 4：26

岛上的风声，咻咻地吹着……
而我们一行人，在一家名为kaoe'va caf é 的店里，
打发着多出来的时光。
店里有wi-fi，
我们这群亚洲人开始疯狂地和这个世界连接。

玉立开始WhatsApp跟哥哥确定猫猫们是否安好，Yoda似乎很习惯没有妈咪在的时间，开始和哥哥撒起娇来……
当透过网络传来的影片，飞过了半个地球，来到了米克诺斯岛时……
小小的心碎了……
原来小Yoda除了我和她，还有哥哥啊～～

宇芳拨通了视频，计算机画面那头，
看到了好久不见的邓家。
好久了……
我好久没有看到可爱的邓爸爸，邓妈妈，邓姐姐……
还有邓小布丁……
记忆仿佛一下子拉回了许多年前……
很想念！

他们待我很好的！
我还记得有一年的中秋节，当时已经住在台北工作一阵子的我，收入还是不太理想……我不常回家，我总有些害怕节日……

而有一年，宇芳邀请我去他们家过中秋节。
邓爸爸还特地在阁楼上扛了他私人的白酒请我喝……
我很受宠若惊……
那是一个很美好的夜晚，即使邓爸爸喝了一小茶杯酒后就醉了……哈哈～～

温暖的一家人，和宇芳小小圆脸，几乎是同个模子印出来

的邓妈妈和姐姐……
还有后来喝两杯就醉的邓爸爸……

即使到现在，我想起了那个中秋，心里仍是暖暖的。

有时记忆，是会在心上一辈子的。
也许我们一直在长大着，一直在前进着，一直在伤害人和被人伤害中轮回……
在这个似乎越懂事就越残酷的世界中，生存着的同时……

曾经触碰到心底层的记忆……
其实已经根深蒂固连在心上，
在某个美好的时刻涌上来，

那是一辈子都不会忘记的。

就像，此刻，一样。

宇芳的爸爸，很可爱。。

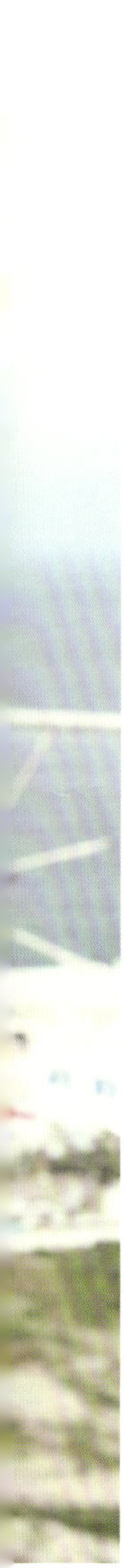

伤心的眼睛

说谎需要天分吗？
人可以对自己说谎吗？

好像……其实我不笨，我只是想让自己保持单纯……
好像……其实他是爱我的，只是他不知道怎么表示……
好像……其实这个世界没有真的坏人，任何人做了坏事情
都会良心不安的……
好像……其实我没有不快乐，我只是没有笑……
好像……当你决定要彻底忘记痛苦，你就会彻底忘记了……

当一个人开始对自己说谎的时候……
并不会好过些，只是想被看起来好过些。

而有些东西，说不了谎……
好比说是身体。
好比说是感觉。
好比说是眼睛。

曾经有一个人对我说，
当你说“我爱你”的时候，
我分不清楚你是在演戏……
还是真实的自己……

当下……我只是静静听着，脸上带着似非似笑的表情。

多么希望我的爱情只是一场喜剧……
只有甜蜜蜜的台词，
漾着甜蜜蜜的笑脸，
说海誓山盟的语言……
而只有我自己能看见，
那个镜头里和我长得一模一样的女生……
有一双，

伤心的眼睛……

在霧裏面。

看見風了嗎？

米克诺斯的蓝猫

米克诺斯岛上有许多猫。
走在路上忽然就会遇见猫咪。
它们优雅从容出现在每个角落，就好像走在路上忽然遇到隔壁邻居一样。

这两天吃午餐的时候有只猫猫总会在脚边磨蹭，我们会趁餐厅老板不注意，偷偷地把鸡胸肉丢给它吃。
因为是淡季，岛上的餐厅大多没有营业，我们都选在同一间餐厅吃午饭。
昨天的它吃得很饱，今天除了它之外又来了两只猫猫，在我们脚边穿来穿去……

会不会是它知道这里有好东西吃，然后回去邀约它的朋友们一块来了呢？
我这样想着……哈哈。

下午拍照的时候，我们在一间有着800年历史的教堂外遇见了它。
一只爱撒娇的蓝猫。
它很友善，看到我们拿着相机，它很够意思地翻着肚子滚来滚去任我们拍个够，很可爱。

还没有养猫之前我是很怕猫的。
我们家小时候养了很多狗，我在第一本书里，有写到我曾经遇到过的一个男生，很像猫。
那时的我不了解猫，正如我不了解他一样。

在他身边，我觉得自己像一只狗，一只忠心的狗狗，努力讨他的欢心。
长大一点了，养了我的大小儿子，我才发现原来自己也是只猫咪。

原来我是猫咪。

如果十二生肖有猫的话，那么我一定是属猫的。
越认识猫咪，我甚至觉得也许每个女生都是属猫的。
只是品种不一而已。

猫咪很矜持，无论它们喜不喜欢你，它们总是窥探着，小心翼翼观察……
蹑手蹑脚慢慢接近，偷偷移到你的脚边，在你不注意时，一溜烟又跑走了……
然后躲在某个地方，悄悄看着你……

你正在找我吗？在这里呀……我们在玩捉迷藏呢……嘿嘿……
猫咪是这样想着……

謝謝你，
那麼歡迎我，哈。。

你你你...
我我我...
滴答..滴答..
我們變成大人了，
開始小心了，
變成大人也變成膽小鬼了，
我們害怕說出想念。

你...
我...
滴答滴答....
一直一直看見一樣的依戀...
滴答滴答....
愛是經得起平淡的流年。

滴答..滴答..
我們始終只是小孩子，
只有小孩才會相信永遠。

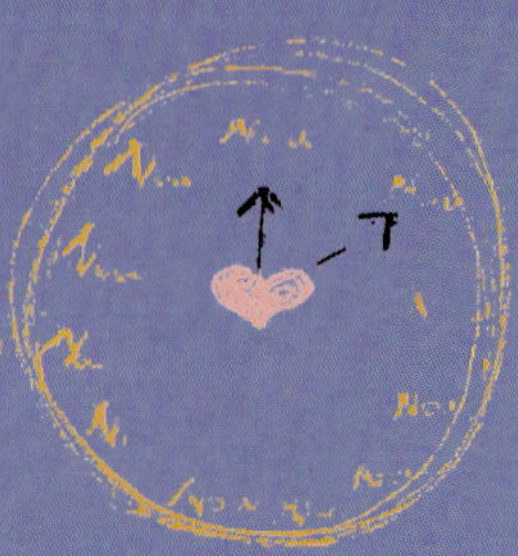

也許是這陣子一直仰著頭吧，
仰著頭在黑暗中看著電影螢幕，
仰著頭看天空，
仰著頭眼淚才不會掉下來，

而傷心太滿了，
痛的我措手不及...

被眼淚濕透的紙巾...
地上的小污點...

我怎麼擦也擦不乾淨...

胆小鬼

已经很长的一段时间了……
我处于一种“自我暗示”里……
自我暗示，是我在上一本书里学到的一个名词。
人类的思想是被潜意识控制的！！
无法具体形容，所谓潜意识所控制的思想模式……

我只是一个凭着感觉，摸着良心，希望可以问心无愧生活着的女生～～

深夜台北忠孝东路上的某一角落，三个女生，蜷曲在一张亮橘色沙发上……
在这个越来越因为着某些原因，而变得越来越虚伪冷漠的城市里……
能有着这样信任而坦然的时刻……
是多么美好！！

三个女生的对话，三颗不需要再隐藏在这冷漠城市里的真心。
是多么美好！！

看着她那双美丽的眼睛……因为记起了过去的伤痛……泛起了一层薄薄的水气……
我也因为那些锥心刺痛的话语而一阵鼻酸……

那天凌晨……我一个人慢慢地看着天将亮的忠孝东路，
心理暗示更严重了……
睡不着……
怕噩梦，
潜意识里……这几个月总是会出现的噩梦～

和人类一直有一种距离，
一种在平常生活里肉眼观察不到的距离，
真心相待，但不接近，

并没有刻意地想保护什么。
就把这种感觉归纳于潜意识吧~
没有不好，也没有好~
人总是用一种自己觉得安全的方式生存着……
“你的眼睛，只看到了自己想看的”，
人类这样对我说着：
“你单纯。”

曾经以为是在说我笨啊……
后来才可以渐渐明白了，
单纯就只是单纯，
不是笨，也没有好，或不好。

喜欢简单，因为不想面对复杂，
处于一种恍恍惚惚里，就看不见真实，
以为不靠近，就可以避免受伤，
不要去在乎，用一种自己觉得安全的方式，
去处理真相……

然后……
忽然间有一个小小的声音在远处慢慢飘来……
发现自己……
是一个胆小鬼！

……

只看见想看见的，
以为一直单纯地看待这个世界，这个世界就会是单纯的……
好像是电影《灵异第六感》里的布鲁斯威利……
只看见总是被鬼魂吓坏了……
疑似有妄想症的小男孩，
却不知道……
其实自己也是个鬼……

单纯的鬼魂，一心一意心疼着小男孩的鬼魂，
那么……
究竟是人可怕些，还是鬼可怕些?

胆小鬼……

我敢在63楼的高空，请求身后的教练推我一把，让我可以
痛快地在高空俯瞰……
却不敢任自己从爱再前进一步，试着赤裸裸地面对人性……

因为害怕看见不完美……

恐惧着那真相……
会从此撕碎了对单纯的中立态度……
当然不可以一竿子打翻一船人……
但我不会有让竿子举起来的机会。

听着她们说着他们……
男人，女人，这所谓的人性……
我发现了自己始终是一个置于事外的胆小鬼，
或是听着大人们控诉着这不完美世界里的小小孩，

似有似无地明白长大所要付出的代价。
而我不知道自己是否有能力承受着那样的代价……

不愿意看，
不要看，
有些事情，
也许不知道了，
比较不会痛……

胆小鬼……？？

人类很有趣，很复杂，很单纯，很直接，
人类对爱又忠诚又背叛，又渴望又不屑，
随着感觉前进了，又随着感觉后退了……
明明看见了答案，然后选择口是心非……

所以……
小小孩是要付出成长的代价，
然后变成自以为是的大人了，
还是变成大人后，
开始怀念起那好像胆小鬼的小小孩？？

在这个世界，没有什么是不可能的……
那么……
是要去相信这不可能里的美好，
还是去相信这个世界本来就不美好？？

洁 癖

脏地方……
还是看得见干净……

洁癖的耳朵和心……
只听得见纯粹的声音……

仔细听……
用心听……
也许很微弱……

就是因为如此微弱……
才要更小心……

珍爱生命，
远离烂玩意！！

隐形衣

终于想到最想要的生日礼物了！！！
你可以送给我吗？？
我想要一件隐形衣，就像是《哈利·波特》里的那件隐形斗篷！！

什么！！哈利·波特当然是真的啊！！
霍格华兹的入口就在伦敦火车站那4/3的柱子上……

只是我们都是麻瓜，所以可能只会冲向一座水泥墙~~
这个世界上都有外星人了，所以绝对会有霍格华兹的！

那么你可以送我一件隐形衣吗？

这是我唯一开口的，想要的生日礼物……

拜托啦~~想办法生出来一件隐形衣给我……好不好？？

那件看起来黑黑厚重的斗篷……
只要把自己藏在斗篷里……

就完全隐形了！！

当然我绝不会去金库搬黄金什么的……太重了……

我会披着它去看你。
披着它去看每一个我关心并且爱的人。

披着它到每一天我会出现的地方……就找一个没有人会发现的角落，看着每个人的样子……

……不对~~我已经隐形啦，干嘛还要找一个没有人会发现的角落啊~~好白痴喔~~

那我要大大方方地站着看……

要看什么？？？
……不知道……

反正不会看别人上厕所就是了！！！

美丽的意外

现在是希腊时间早上8点多，台北的朋友也许已经吃过午餐，正在喝下午茶了。

昨天我睡得很早，毕竟在淡季平均温度只有10度的米克诺斯岛上，穿着一件件薄纱洋装拍照……老爱说自己壮得像头牛般的我……身体也有些吃不消了……

还好，一觉睡醒后好多了。

吃早餐时导游黄先生说，今天浪太大，无法依照原定的计划坐船回去雅典市区，
而岛上唯一的一班飞机在半个小时前飞走了……
我们一行人必须再待上一个晚上，
然后搭明天最早的飞机离开，继续接下来的拍照行程……

我回到房间，把窗户开着，感觉冷风灌进身体里……
虽然有些担心又着凉，但在这里，下着小雨刮着大风的米克诺斯岛依然美丽得不像真实似的，
谁舍得把窗户关上呢~~

不用工作的一天，我们被困在岛上了，
也许是一场美丽的意外呢……
我想。

我以前常常会幻想自己和所爱的人被困在某个地方，不知道为什么，我觉得那是一件很浪漫的事情。

没有计划的行程，没有目的的旅行，也许就只是待在一个陌生的地方，睡醒了就看书，看累了就发呆，然后去街上走走……

人生有时就像一场意外，无法预期，无法彩排，时间走着，我们也是。

米克诺斯的暗恋

我猜想……
米克诺斯岛八成偷偷爱上我们其中一个人了。

本来昨天就要离开的我们，因为大雨让爱琴海的船无法前进，我们被迫多留了一天。
而今天早上天空开始飘起了雪，
我们的飞机在雅典飞不过来……
正当大家在咖啡厅等待晚一点的航班通知时……
米克诺斯，忽然噼哩啪啦地，下起冰雹了……

这种情况让我们一群人傻眼，连带团多年的领队黄大哥都直说，这实在是太神奇了……
这种古怪的天气十年都遇不上一次啊！

这短短的几天，我们可以说是亲身体验了，
米克诺斯的春夏秋冬。

米克诺斯岛八成也很喜欢我们呢。
也许米克诺斯岛偷偷地暗恋我们其中一个人，
它舍不得我们离开，
所以它和天空商量着，用尽了所有办法把我们留在身边。

恋爱中的米克诺斯，阴晴不定，哈。

我們，

米克諾斯島已成為我們其中一分子了。

昨天大雨，早上大雪，此刻....

下起冰雹了....

聽導遊黃大哥說，10年都遇不到一次ㄟ....

米克諾斯島用盡了所有辦法，

想把我們留在身邊。

看見米克諾斯。大雪。

等一下我要離開米克諾斯島
回到雅典市中心去了。
吃早餐的時候，窗外飄起了雪...

哇...我可真的好幸運的，
要是前一天是這种天氣，怎么拍啊!!

我住的飯店可以看見海灘，
我的房間打開窗正面對著愛琴海，
而此，我看著眼前的雪景，
有一种，小小的，說不太明白的怪異感覺...

美白的沙灘，藍天碧海，陣陣海浪拍打著岸边，
下著雪.....

哈哈哈。

不過我在心裡，還是很謝謝米克諾斯，
在我離開時，送了一場雪給我。

嗯，收到了唷..
謝謝♥.

要走的够远？
我才可以走回自己身边？

越來越覺得……

有一些人事物……

瞞著看就可以了。

因為當你看更了……

就虛了。

要嘛忍，
要嘛殘忍，
对自己殘忍，对别人殘忍。
這就是人的心。

花心的宙斯

这里是传说中的宙斯神殿，不可以喧闹，甚至……
不可以穿高跟鞋拍照。

老实说，我对希腊神话的人物有点迷惘……
我觉得希腊神话通常没有什么逻辑可言，还有他们的神……
都比较不像我们从小在心里面，所认知的那种神明。

东方人所认识的神，都好像要吃很多苦头。
而且必须要有着超于凡夫俗子的道德心和忍耐力……就是凡人做不来的事情……
好像要有够大爱，要牺牲自己，
要在别人伤害你时以德报怨……
中国很多的神明，都一再地向我们宣扬着这一点……

我外婆生前很笃信一贯道，她一生都是个好人，待人和善，每天吃斋念佛，她是一个非常善良并且苦命的人……
在她生命最后的几年，她几乎是像个神般地活着，
起码我是这样认为的。

但她走得很痛苦，病痛折磨了她很久，
也折磨着在她身边的人很久。
她走的那一天，唯一的心愿是要我们为她吃素一天……
这样，她才可以回到天上，回到她忠心信奉的老母身边，
当一个神仙。

我不知道外婆究竟变成神仙了没有？
有吧，我想。
如果要吃那么多苦头才可以成就仙路，
那么她是值得的。

我没有特别笃信的宗教，我尊重大地，活得像个凡人。
来到宙斯神殿拍照的那一天，希腊依然很冷，我打扮得像是个在电影中出现的冷面杀手，我不知道这身装扮是否会

对宙斯不敬……

我不熟悉这位在希腊人心里至高无上的主，
我在书里试着认识他。
书里描述的那个他，挺令我印象深刻的。

宙斯为希腊神话里最高主神，主宰一切天象，尤其是雷电。他就像犹太人的耶和华，或现实中的帝王一样受到崇拜。

但他很好色，也很花心。希腊神话中的几位大英雄和美人，都是他外遇后的子女之一。

我觉得他也有点蛮横，他可以因为一眼就爱上了一个美丽的公主伊芙，为了想拥有她，但又怕自己的老婆希拉发现……

所以就施法把伊芙变成了一头小母牛，之后还把她送给了他老婆当礼物……

当看完这个故事后，老实说我有点傻眼，并且十分同情那美丽无辜的公主伊芙。

当我像名模般，发抖站在宙斯神殿前拍照时，
我想着伊芙，
和同样也因为爱情而被变成一头公牛的欧萝芭……

希腊神话很有趣，在我试着了解的同时，我学着乐观地去看待一个故事，和一个人……
一个神。

这就是西方人和我们不同的地方；也许他们每个人的神，只存活在自己的心中。
你认同了，那么就可以是神，自己的神。

宙斯也许很花心，善妒，但他的特质是值得人们追求的。
好像诚实。
好像人一样，不完美。

宙斯神殿，一个来自东方的女生，自言自语。

浪漫的鬼话

我听过最浪漫的一句话是：

“在我的未来里，每一个画面……都有你。”

这是《鬼味人间》里的一个桥段……
场景是在阳台上，陈奕迅对着被鬼附身，正要跳楼的老婆……双方拉拉扯扯……僵持不下……
忽然间他带着一副“如果要死那就一起死吧”的表情……
站上阳台，默默牵起了鬼老婆的手，准备一起跳下去……

虽然是个有点莫名其妙的鬼片，
但当我看着牵着手的两个人……
说出这句台词时……
我竟然哭了……
“在我的未来里，每一个画面都有你……”
多么深情的一句话。

因为是决定要一起走一辈子的人啊，
因为已经说好了要永远在一起的，
人生的蓝图，在遇见了你之后，开始有了个未来。

未来的每一个计划，每一个画面，每一个重要的时刻……
都有着你的位置……
没有你了，要怎么继续下去？
没有你了，剩下我一个人，那还有什么意义？

就一起去吧。
无论到哪里，我们都会在一起的，没有人忘记当初的承诺，没有人舍得丢下另一个人。
说好要一起的，
在未来的每一个画面里。

可以遇见爱情，
多么不容易，
原本两个不同的个体，
在这个宇宙里，
我遇见了你。

偏偏是你，
在这个宇宙里，
只有一个你。

茫茫人海中，
我只会眷恋着你的手心……

多么不容易。

是的，在我的未来里，
每一个画面都有你。

眼淚，沒有預警的落下了。。

本來只是洗手時發現地板磁磚上的小污點，
順手捲了紙巾要擦…
才一蹲下，
眼淚立刻就從眼睛裏滑落了…

緊接而來的淚珠好像正在排隊玩溜滑梯，
1滴2滴3滴4滴5滴6滴….
數不清的眼淚…
在變成溜滑梯的左右眼球不間斷滑落…
傷心的令我措手不及…

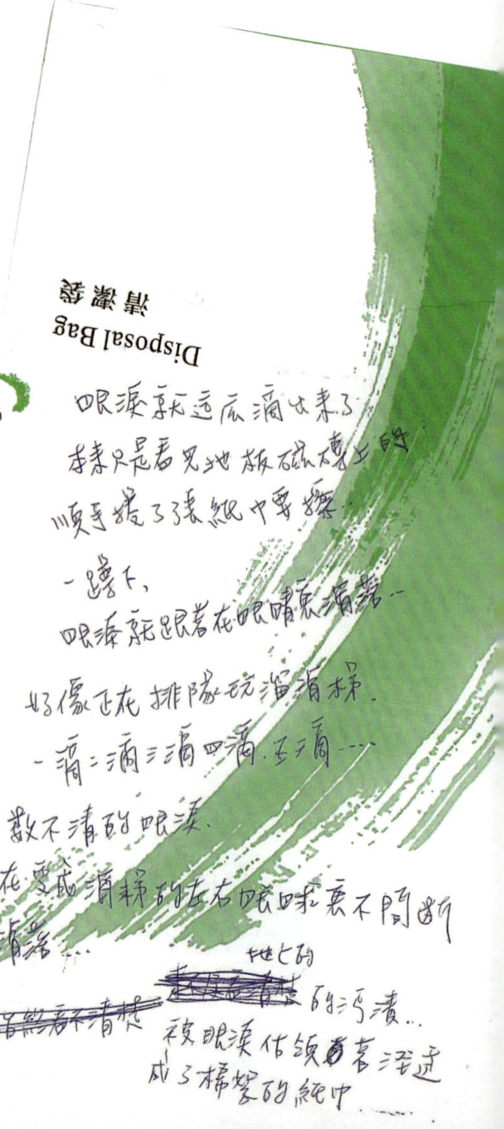

我曾經說過我會用飛機上的嘔吐袋寫東西，
這是真的。

我的房間 747。這下不会找不到房間了。

喬見貓 旅行后记 | JOE in GREECE AFTERWARD

侧写 | WRITER 沈咏惠 SHEN, YONGHUI

#01不用声光效果就很震撼的出场

DATE／ 2011.03.04

TAIWAN TIME／ 07:30PM

LOCATION／ **桃园中正国际机场**

“什么？出差去希腊？！”

相信大多数的人，在听到出差目的地是只有蓝白两色、天地间充满阳光的希腊时，反应都是雀跃而兴奋的，但这个理应被多数人投以无限羡慕眼光的工作计划，竟着实令苦命小编失眠好几晚。

不，去希腊很好，但去希腊工作，尤其是跟乔恩工作，便令人压力大到睡不着呀！**一切都怪乔恩吸睛力太强，**一趟希腊行，**赞助商品价值竟破纪录地高达上千万，**掉了任何一样，小编都要卖血偿还了，要人如何不紧张？

但上天似乎不让人想太多，在频繁的筹备会议中，和经纪人玉立姐开会、摄影师沟通，与发型师、造型师商量，还有侧拍师、当地导游……转眼间，上述一行人已经在机场大厅集合，拖着行囊等候主角出现。

秒针一圈一圈地转，分针一格一格地走，众人左等右等，等不到关键人物的芳踪。导游大哥见状觉得不对劲，示意大家停下挂行李的动作，而小编的危机意识更是早就启动运转了，拨电话的手没停过，频频联络司机。

塞车塞车！往机场的路没有不塞的，尤其是周五下班时间，真是塞翻了！

“十分钟以内会到！”司机大哥斩钉截铁地保证。

“再十分钟～”小编随即实况转播好消息，分享给同样心焦的其他伙伴。

当欢呼声还停留在“OH～YA”时，小编的手机又响起……

如同乔恩文字所叙，**她忘了带护照！**

什么叫作“泄了气的皮球”？什么叫作“愁眉苦脸”？
如果当时有人拍下小编的脸，大概就能完全体会。
此时距离登机，仅剩30分钟……
打遍所有相关的电话，想尽一切能想的办法、耍尽一切能耍的赖，最后我们甚至不敢站得离柜台太近，因为不想让服务人员有机会说：“抱歉！

不能再等了！”（**在此一定要特别感谢导游黄大哥与当日泰航柜台服务人员，感谢您们用尽全力的协助与包容，由衷感谢！**）

在周末下班时分，来回机场与台北东区需要花多少时间，答案是40分钟（司机大哥你好神）。在距离飞机起飞仅剩20分钟时，一抹着白衣长裙、蓄长直发的纤细身影，用着与优雅外形极不相符的风火轮之姿，抄手刀朝我们疾飘而来。

即便从远方看来，这抹细白不过只有5厘米高，但浑身上下散发的明星气息令人不会错认，她就是乔恩。

在亲眼看见那张真的只有巴掌般大小的明星脸之前，说不急不气绝对是骗人的！尤其在旅程的开端，迎面而来这样一发震撼弹，震得小编血压瞬间飙升，紧张到几乎颜面失色、神经失调。

但当她推着超大行李箱，不顾形象地在机场大厅狂奔，气急败坏的情绪在那一刹那完全解散了。为什么？我们无法明确地解释，或许，让人不由自主地喜欢她，这就是她之所以能成为一姐的魅力吧！

#02生日快乐

DATE/ 2011.03.04

GREECE TIME/ 01:30PM

LOCATION/ **雅典·卫城**

抵达雅典后，按计划前往卫城拍摄，此处可是《乔见·猫》的重头戏之一。乔恩将穿着浪漫的白纱，长发微卷，在卫城壮观的石柱底下展现她的迷惘与勇气……乔恩的表情很好、身上的服装很好、头发的卷度很好，就连冬日暖阳照度与微风吹来的角度，也是如此这般刚刚好，偏偏我们一行人的运气，不怎么好！

卫城在雅典人的心中，是神圣不可侵犯的圣殿，因此对外来游客在此的行为举止，有诸多限制管束。但即便如此，在卫城内进行摄影者仍大有人在，只要不是太夸张，管理人员也多半会睁一只眼闭一只眼。

“现在不是旺季，管理员应该不会管太多。”导游黄大哥这么说。
“现在不是旺季，游客应该也不会太多，所以不至于会影响到别人吧！”小编接着说。
“现在不是旺季，只要找个僻静点的角落，默默地拍完，默默地走人，应该不是问题。”摄影师和侧拍师也这么说。

基于上述种种“应该”，为了拍出心目中理想的好照片，我们一行人硬着头皮，心存侥幸，怀抱着**“明知山有虎，偏向虎山行”**的心态，拎着大包婚纱，冲了！

在入口处就受阻，验票小姐看我们一行人，有摄影机、脚架还有长镜头，还有个妆发都setting好的乔恩，说什么也不愿放行。

机灵百变的乔恩立刻将大家拉到一旁，窸窣一番后，众人当场拆解专业器材，将它们化整为零，分入不同包包内，然后上演“一二三散”的戏码，由小编与摄影师先行入内勘景，待风头过后，乔恩等人再分批进入；过程中，乔恩甚至不嫌烦地将已穿好的白纱换下，只希望能顺利完成拍摄。

这是怎么一回事？
不是说淡季吗？
不是上班日吗？
怎么卫城里还是满山满谷的游客啊？
虽然成功闯关，但在这里要避开黑压压的人群，完成拍摄，谈何容易！

果然，“咔嚓咔嚓”的快门声，不过响起十来下，正当乔恩的表现越来越投入时，工作人员一面吹着口中的哨子，发出尖锐的“哔哔”声，一面气急败坏地朝我们围奔而来。是的，我们差点就被团团包围了。

机灵百变的乔恩再度拯救了大家，招牌无辜大眼，亮晶晶地直盯着工作人员：“今天我生日，想拍一组特别的照片作纪念，可以通融一下吗？”

感谢希腊人浪漫的天性，虽然碍于职责，工作人员无法答应我们继续拍摄的要求（乔恩：是哀求吧），还没收了一张记忆卡，但却也没有作出更严厉的处置（按导游大哥的说法，对方是可以拉我们上警局的，唷～怕怕）。临走前，金发碧眼的男管理员还补上一句：“几岁生日？18还是20呢？总之，生日快乐喔！”

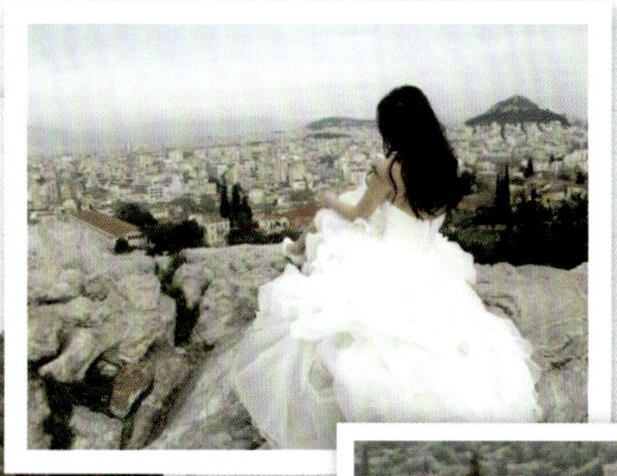

#03野孩子

DATE / 2011.03.04

GREECE TIME / 03:30PM

LOCATION / 雅典·卫城外

在卫城出师不利，就连记忆卡都被没收，这下该怎么办？
嘿嘿，没关系，这个工作团队真不是盖的，摄影助手Irene早在管理人员逼近时，就眼明手快地将相机内的记忆卡调包，虽然此举稍嫌不光明，但……为了粉丝的福利，毕竟卫城真的太美了，而卫城下的乔恩更美，删掉着实可惜，希望大家就别计较太多了（笑）。

卫城内不给拍，但外头的小山丘总没有限制了吧？

一行人七手八脚地顺着铁梯，带着“没鱼虾也好”的心情向上爬，探头一看才发现，原来这儿的景致更正！

原以为不过是个寻常小山丘，真正站上来才发现，这是一块巨大的天然石台，四周毫无障碍遮蔽，不仅可以俯瞰雅典市景，而且朝右侧拍去，山上的卫城正好能完整地成为最佳背景，拍摄结果丝毫不输卫城之内。（**“是不是？我是不是说不要想太多，瞧～这下不就因祸得福了吗？”——异常乐观的乔恩，当下这么说。**）

但天下事没有十全十美的，四周毫无障碍物，虽不会挡住美丽的景致，但挡不住强劲的冬风；能俯瞰雅典市景，是因为位于高处，基本上……**这里根本就是武侠小说中描述的悬崖峭壁。**

更惊悚的来了，这块天然巨石，表面崎岖又光滑无比，我们一行人在上头移动时，嘴里不时发出“啊～小心！”“啊～好滑！”以及“哇呜～”之类的怪声，可见要在上头行走或保持平衡有多困难，着利落装扮的我们尚且如此，那穿着碍事白纱的乔恩呢？

安全起见，工作人员以接力方式，站成一条小小人龙，想让女主角扶着我们，稳稳地一步一步往上，走到摄影师指定的上风处。但乔恩抬头观望了三秒钟吧！就摆摆手表示不需要。紧接着弯腰脱下脚上的鞋，撩高白纱裙摆，露出匀称的小腿，然后……再次不计形象迈开大步，边“爬”还边对脚下光滑的石面小小声地呛道：“哼～**我是来自新竹的野孩子耶**！爬不上去？开什么玩笑！没有在怕的啦～”

爬上来只是个开端，不表示已跟危险说拜拜，尤其摄影师为了从各个角度发掘乔恩的美，频频在难以平衡、行走的光滑石面上变换位置，上演不少惊险镜头，幸好有乔恩盯得紧，虽然她不改搞笑本色，一直要求摄影师：**“你也脱鞋啦~野孩子命比较长喔~”**，再不然就是**“不要这么拼命啦~我们还有好几个地方要拍耶~没有你我们不行的说”**，可是穿插在这些玩笑话之中的，是不断重复的“小心”“注意”，这才发现，原来野孩子也有如此婆妈的一面啊！（笑）

#04抓　机

DATE／　2011.03.06

GREECE TIME／　03:33PM

LOCATION／　**米克诺斯·帕拉波尔提亚尼教堂**

三月初前往希腊，季节上虽然不很美好，但却还是挺幸运地碰上了盛大的万圣节活动。无论在布拉卡区，还是米克诺斯，满街都是精心打扮过的哈利波特、白雪公主、蜘蛛人、蝙蝠侠，让我们一行人在紧张工作之余，也感染到一丝丝欢乐的气氛，于是……

在布拉卡区，乔恩学起乔装成企鹅的小朋友，摇摇摆摆地走着。
在迷宫街道，她施展抱猫咪练出来的臂力，一把抱起帅气的小蜘蛛人，嘟着嘴问：“可以娶我吗？”

在米岛港边，乔恩自以为神不知鬼不觉，缩着身体，想偷偷搭上那列只有小朋友能搭乘的活动小火车。

在机场外，接住巴士司机空抛而来的飞吻，还原地玩起跺脚甩头的扮娇羞游戏。在小店门外，硬是要跟小木偶合照，来来回回经过了三趟还拍不过瘾。

上头的每一个乔恩，都引起游客的围观与会心微笑，包括我们这行人。

的确，私底下的乔恩有很多孩子气的一面，真的让小编觉得，她内心深处肯定住着一个没长大的小女孩。不需要娃娃音装嗲，或者是在外貌、动作上刻意的设计，乔恩的童真浑然天成，来自于不经意的言行举止。

“飞机！”大喊一声后，伸手空抓一把，然后收回胸前握紧掌心，低头认真地许愿。

这复古的画面，就在米克诺斯的帕拉波尔提亚尼教堂旁上演。当时，发型师Johnny正在为乔恩换发型，准备下一个场景的拍摄，一把尖头扁梳就停在她太阳穴上。

一点也不怕自己动作太大，会落个“尖梳戳脑门”的下场，当飞机掠过教堂上方时，乔恩立刻大喊，然后用力高举右手，流畅地完成上述动作，过程之熟练，神情之认真，让小编有些反应不及。看身旁工作人员，一脸见怪不怪的模样（尤其是Johnny哥最有趣，居然也跟着大动作跳开，好

像很习惯这样闪避乔恩突如其来的惊人之“举”）。想来，乔恩这样的行为，绝对不是第一次了吧。（笑）

希腊天气既冷冽又干燥，行李箱可别忘了要带上乳霜类的保湿产品哦！来自保加利亚玫瑰制成的焕采美肌水和极致亮白美肌霜温和滋润，有效防止肌肤缺水的状况，加上玫瑰的浓郁香氛可以放松工作上紧绷的情绪，让出国工作的时光更添美好。

#05 爱哭包

DATE/ 2011.03.07

GREECE TIME/ 12:30PM

LOCATION/ 米克诺斯·咖啡

坚强的乔恩是个爱哭包，这句话很矛盾冲突吗？一点也不，小编发现，委屈、辛苦或困难的事情，似乎不容易令乔恩掉泪，否则在希腊一连好几天的超低温拍摄，又要上山又要下海的，乔恩的眼睛应该会一天天肿得无法连戏吧！

但是，只要牵扯到情感（不要误会，人生除了爱情之外，还有亲情、友情、宠物情……同样重要！），乔恩的泪腺好像就会变得比较发达。

那一夜，按照行程表，一行人早该回到雅典了，但是拜五十年罕见大雪之赐，船不开、飞机不飞，我们受困米克诺斯。乔恩说**为了庆祝**……这也好庆祝？各位看官你们说，乔恩是不是太乐天了点（拍额头）……**所以来喝吧**！（这才是重点吧～呵）

造型总监宇芳挑了两瓶很“贵气”的红酒。于是，我们举杯，我们谈天，我们忙着在碰杯的时候，紧盯着对方的眼睛（不晓得是谁说，碰杯时若两人视线无交集，会长达七年不性福，搞得现场一片人心惶惶……哈哈）。

“**横竖是要被困住了，愁眉苦脸的时间不会过得比较快，放宽心情的时间也不会因此变得慢些，既然如此，何不自然地享受上天所安排的意外，**而且，我们还要感恩呢！幸好该拍的都拍完了，要是前两天就下雪，那才真应该哭咧～我会直接冻死吧！”

这是乔恩在干了第一杯之后说的话。

只要想到行程受阻，滞留米岛，后续安排几乎全得翻盘重来，小编的心情低落到就算喝醉了也不high，但在那一杯酒与那席话之后，好像也比较能换个角度，欣赏“计划赶不上变化”的个中美好。

然后呢……大伙儿就配着宠物话题，一块儿喝开了！

原来一行人中，个个是爱猫人，除了乔恩与小编，摄影师Phoebe、发型师Johnny、侧拍子绮，通通也是猫奴，其他的人就算没养猫也养狗，一样喜欢小动物，宠物话题一开真是没完没了，彼此交换宝贝们搞笑又夸张的行为，顺便交换手机里的影像加以佐证，乔恩整晚不停地说着“你看你看”以及“我也要看我也要看”。

当乔恩讲到小儿子Yoda因为基因缺陷，会频频打喷嚏，导致鼻血狂喷时，乔恩眼眶微微泛红。小编不觉惊讶，毕竟猫猫狗狗就是主人的心头肉，平常只要有点小小的不对劲，就很容易杯弓蛇影，紧张兮兮；要是真有什么状况，疯狂大哭往往是第一道程序，眼眶泛红还算客气的了。但当造型总监宇芳讲起家里那只三年前上天堂的狗狗，乔恩眼泪却来势汹汹，一连抽了六七张面纸，才稍稍止住泛滥。

大眼睛蓄着未干的眼泪，大概是自觉有点糗，嚅嚅嗫嗫地解释，自己和宇芳是多年好友，认识那只狗，也认识邓伯伯邓妈妈（这样也有关系？），才会这样感同身受。再加上，突然想起，要是有一天，陈肉包和Yoda也离开自己……所以才会这样悲从中来嘛~（末了还要撒娇来当句号）。

爱哭包陈小姐，请放心，没有人会笑你的，相反地，甚至很羡慕你。羡慕你能如此奔放地表达丰沛情感，在自己率真的心里，自由自在；更羡慕的是你拥有如此强烈的感受力，真是生来该吃这行饭的啊！

#06深呼吸可以抗寒？

DATE/ 2011.03.07

GREECE TIME/ 04:12PM

LOCATION/ **米克诺斯·咖啡**

透过旅游节目与风景明信片，许多人对希腊的夏日都有深刻的美好印象，放眼望去，不是天空蓝、大海蓝就是屋顶蓝；不是云朵白、小屋白就是耀眼的阳光白。但是，对于希腊的冬季呢？相信没有任何一名旅人，会比乔恩更适合回答这个问题了。

三月初的希腊正是冬末。甫下飞机时，雅典的冷空气已经让人不由自主地想拉紧衣襟、手插口袋，而寒风在海岛米克诺斯更是变本加厉地吹，末了老天爷还赏我们一顿雪。

近乎零度的低温，让所有工作人员无不是穿着羽绒外套、裹着围巾、戴上毛帽，但乔恩呢？不管在海边、山上还是巷弄间，**几乎清一色以薄洋装示人**。或露背或低胸，无论款式，共同点就是极为轻薄，厚度甚至不及小编围巾的十分之一（回忆至此，深深觉得自己很没有义气）。

海风冷起来是会刮人、刺人的，全副武装的我们尚且觉得头痛欲裂，不难想象乔恩在衣物毫无保暖作用的状况下，还能对镜头扬起甜美笑容，有多么辛苦与不容易。

如今，粉丝们拿在手上的照片，看见的每一道飘逸裙摆、每一丝飞扬发梢，都是乔恩一面咬牙忍住哆嗦，一面在镜头看不见的地方，拼命用双手来回搓抚冻得几乎发紫的肌肤时撑着拍摄而成的。

没有一句埋怨或不耐烦，当大家心疼她的辛苦时，乔恩还会反过来搞笑，一边夸张地抖动双脚，搓抚双臂，然后用刻意发抖的声音说：“我不冷，我是专业演员来着，我不冷，一、点、都、不、不、冷。”再不然就是用力啜泣着说：“没关系，戏子就是贱命，我惯了。”还以兰花指轻拨发梢，假意转头哭泣，企图用轻松的方式，回应工作人员的不舍。

好几次在等待光线的拍摄空当，小编与乔恩站得近，会听见当摄影师说：“好了！乔恩，这边！”乔恩会深深地吸上一口气，好像要靠着吸进去的氧，给她一点对抗寒冷的勇气，当下小编没说，但心底真的由衷佩服。

“冬穿夏衣、夏裹外套”在演艺工作中并非特例，尤其对演员来说，为了配合播出档期，这般季节错乱穿衣更是常有的事。

可人不都是有情绪的吗？在恶劣条件下，只有她自己一人得独自承受（在剧组里，起码有所有演员一起作陪，而我们看着虽然不舍，却也没谁少穿一件啊），不仅没有负面情绪，还设法苦中作乐，这样的表现谁能说她难搞？

或许乔恩嘴不甜，也不喜欢以口头功夫讨好人，但她的细心与贴心，一趟希腊行，我们都感受到了。

#07我是戏子

DATE/ 2011.03.08

GREECE TIME/ 11:00AM

LOCATION/ **雅典·宙斯神殿**

有了前几天在卫城差点被抓去警局的恐怖经验后，这天我们来到宙斯神殿，已经很懂得如何钻漏洞对应；再加上今天乔恩的造型是低调的黑，应该不会遭遇到什么麻烦或者被刁难吧？

是谁说的“不经一番寒彻骨，哪得梅花扑鼻香”、“不入虎穴，焉得虎子”？少了这些惊险刺激的过程，《乔见·猫》不会这样精彩，回来后也没有这么多故事可讲，所以……事情当然没有那么简单！

进入宙斯神殿之前，我们已经再三确认，此处是可以拍照的，而且神殿与管理处之间有视觉死角，只要没有过度喧哗或夸张的行径，应该不会引起注意（又是“应该”）。但为了保险起见，避免横生枝节，所有看起来很专业的装备，还是拆的拆、藏的藏，然后同样采取分批而入的策略。

花了30分钟，偷偷摸摸集合完毕，终于能展开拍摄工作。
宙斯神殿前的乔恩，像个女战士一般，穿着清一色黑的短皮衣、雪纺洋装与马甲，展现自信的一面；足蹬那双鲜艳的短靴，则流露她娇俏的女性特质。

在摄影师Phoebe的引导下，乔恩时而骄傲、时而冷酷、时而强悍、时而迷惘……精彩专业的表现，很快占满了记忆卡空间。就在等候换卡的空当，乔恩求好心切地频频问着自己表现如何，工作人员则纷纷对先前的拍摄表达想法也提出建议。

大概是经纪人玉立姐说的吧，她对着不断在神殿前往返踱步的乔恩说：“试试看，那种国际时尚名模的感觉。”

乔恩闻言立刻帅气转身，挂上名模级的表情，单手叉腰，轻巧地走起台步来，专业的表现获得众人一致的掌声与很高分贝的欢呼。

乔恩停下脚步接受大家的喝彩，故作骄傲地说：“**这有什么难的，我可是戏子呢**！哼。”（虽然使用夸张的贬抑语气，但小编真切感受到，乔恩热爱自己的工作，以身为演员为荣、为乐。）

语毕，夸张的表情和语气，又引起一阵哄堂大笑，也终于引来管理人员。就在气氛如此欢乐轻松之际，唉，一定要在希腊玩官兵抓强盗的游戏吗？小编一行人都是良民啊～大人！

最后，还是乔恩使出终极大绝招“今天是我的生日”，才有惊无险地蒙混过关。

#08一姐的工作水平 & 一般的平易近人

DATE/ 2011.03.11

TAIWAN TIME/ 05:00AM

LOCATION/ 曼谷机场转机

从“中国那么大”的小红恩开始，在行脚节目还不是那么普遍、或重点均放在当地风土与人物上头时，乔恩以自然不造作的率真表现，成功地成为该节目亮点，迈开主持的第一步。而戏剧方面的成绩就更不用说了，在海峡两岸，乔恩已经不晓得刷新过多少次记录，封她是偶像剧收视女王真的一点也不为过。

只能透过四方荧幕的观众群，或许看见了乔恩成功的一面，但却无法看见在一姐光环的背后，要花多少的努力与精神。而这趟希腊行，真的让我们见识到一姐级的工作水平，也亲眼见证到“敬业精神”。

→有想法不等于难搞

跟乔恩工作有一个很愉快的体验：许多明星艺人或许是幕后企划人员的玩偶，缺乏想法，任人摆弄，但乔恩绝对不是！

对于自己的作品，乔恩自有主张，却又聪明地懂得如何拿捏分寸，不会轻易妥协也不会盲目地坚持，能清楚表达想法，也愿意沟通，接受不同的意见。几天拍摄下来，看她不厌其烦地重复在寒风下，一遍一遍地变换姿势，和摄影师讨论哪个角度好、要不要换这里再拍一次；就算提出的想法被大家毫不留情地推翻了，也不生气，只要能有人从专业角度指出盲点，乔恩甚至常是第一个带头嘲笑自己的人。

→简单不复杂

和乔恩连三分熟都算不上的小编，旅程中也有幸成为她分享的对象之一。除了好看的书、精彩的电影，同为爱猫人的我们，因为交换彼此手机中的猫照而产生更多交集（陈肉包跟Yoda真是可爱啊～啾）。

在米克诺斯的第一天傍晚，我们结束拍摄，回饭店稍作休息与梳洗后，一行人徒步沿着海湾，三三两两以闲晃之姿，踱到距饭店不过100米的小餐馆。半路上，我们同时对一只小街猫打招呼（乔恩超爱跟猫咪聊天的啦～），可能是这个动作开启了乔恩的分享雷达。不出一秒钟吧，她掏出口袋里的手机，滑了几下画面，极自然地挪到小编眼前说：“你看～我儿子的照片！”

接过手机看着陈肉包与Yoda搞笑，越看越觉得宠物果然会反映主人脾性，这两只自在又可爱的家伙，不就是猫咪版的乔恩吗？或许一直以来，想得太多的，始终是她周边的人，就如同我。乔恩只是单纯听从直觉，旁人又何须过分揣度她有什么复杂的想法呢？不是吗？

→乔恩很随便？

对工作这么要求、这么认真，那么私底下应该也很难摆平吧？
错！乔恩很随便！
是的，你没看错，乔恩很随便。
只要是工作以外的事情，乔恩都很随便！
随便吃、随便喝、随便住、随便睡、随便聊……

为了在镜头前呈现美美的模样，乔恩几乎天天比大家起得都早。梳化、换装，轮番上阵，早餐来不及吃是常有的事情。工作人员还能在完成分内工作之后，抽空当吃个早餐，但工作计划是围绕着乔恩而定，每一个环节都少不了她，因此小编总是在早餐时间听见乔恩说：“随便给我个什么就好！”

可别以为她不在意吃，这小姐可是个标准的美食主义者，但因为不喜欢麻烦别人，所以很多时候她总是不拘小节。除了吃食之外，旅程中一切生活安排，她还是那句话：“**随便给我个什么就好！**”

图书在版编目（CIP）数据

乔见·猫／陈乔恩著. —贵阳：贵州人民出版社，2015.11

ISBN 978-7-221-12780-8

Ⅰ.①乔… Ⅱ.①陈… Ⅲ.①散文集—中国—当代 Ⅳ.①I267

中国版本图书馆CIP数据核字（2015）第265449号

本书通过四川一览文化传播广告有限公司代理
经台湾凯特文化创意有限股份公司授权出版

乔见·猫

陈乔恩／著

出 版 人　苏　桦
出版统筹　陈继光
选题策划　陈　实
责任编辑　陈继光　潘　媛
流程编辑　潘　媛
特约编辑　Echo
封面设计　香菜工作室
出版发行　贵州人民出版社（贵阳市观山湖区会展东路SOHO办公区A座）
印　　刷　长沙鸿发印务实业有限公司（长沙市黄花工业园3号）
版　　次　2016年1月第1版
印　　次　2016年1月第1次
印　　张　10.75
字　　数　100千字
开　　本　710mm×1000mm　1/16
书　　号　ISBN 978-7-221-12780-8
定　　价　39.80元